La memoria

1239

LE INDAGINI DEL COMMISSARIO MONTALBANO

La forma dell'acqua
Il cane di terracotta
Il ladro di merendine
La voce del violino
La gita a Tindari
L'odore della notte
Il giro di boa
La pazienza del ragno
La luna di carta
La vampa d'agosto
Le ali della sfinge
La pista di sabbia
Il campo del vasaio
L'età del dubbio
La danza del gabbiano
La caccia al tesoro
Il sorriso di Angelica
Il gioco degli specchi
Una lama di luce
Una voce di notte
Un covo di vipere
La piramide di fango
*Morte in mare aperto e
altre indagini del giovane Montalbano*
La giostra degli scambi
L'altro capo del filo
La rete di protezione
Un mese con Montalbano
Il metodo Catalanotti
Gli arancini di Montalbano
Il cuoco dell'Alcyon
Riccardino
La prima indagine di Montalbano

Andrea Camilleri

La coscienza di Montalbano
Racconti

Sellerio editore
Palermo

2022 © *Sellerio editore via Enzo ed Elvira Sellerio 50 Palermo*
e-mail: info@sellerio.it
www.sellerio.it

Questo volume è stato stampato su carta Palatina prodotta dalle Cartiere di Fabriano con materie prime provenienti da gestione forestale sostenibile.

Camilleri, Andrea <1925-2019>

La coscienza di Montalbano : racconti / Andrea Camilleri. - Palermo: Sellerio, 2022.
(La memoria ; 1239)
EAN 978-88-389-4370-6
853.914 CDD-23   SBN Pal0353198

CIP - *Biblioteca centrale della Regione siciliana «Alberto Bombace»*

La coscienza di Montalbano
Racconti

Notte di Ferragosto

Uno

Da anni e anni oramà a Vigàta si era pigliata l'usanza che la notti di Ferrausto, quella tra il quattordici e il quinnici, chiossà di mezzo paìsi scasasse per annare a passare la sirata nella pilaja.

Era 'na speci di migrazioni momintania, Vigàta ristava diserta, propietari 'nni addivintavano cani e gatti, i latri di case non si pirdivano l'occasioni e s'arricampavano macari dai paìsi vicini. Evidentementi si erano passati la parola.

La prima ondata di genti, che s'apprisintava appena che il soli accinnava a calare, era formata da 'ntere famiglie comprinnenti tri o quattro ginirazioni, dai catanonni squasi cintinari ai lattanti.

E ogni famiglia si portava appresso, a parti littini e seggie per i cchiù anziani e carrozzine per i cchiù picciliddri, le immancabili e grannissime lanne di cuddrironi accattate nei meglio fornai di Vigàta, che potivano essiri macari tri o quattro a secunna del nummaro dei componenti o della loro voracità, rotoli di sosizza e il rilativo attrezzo nicissario per arrostirla, attrezzo che variava dal semprici e poviro fornello di ferro a carbonella a ricche e sparluccicanti apparecchiature per il rosbif.

Naturalmenti, ogni famiglia aviva il sò radioni portatili che mannava al volumi massimo. Di nicissità, pirchì altrimenti avrebbiro dovuto ascutari la musica del vicino.

Verso le novi, il sciauro del mari scompariva sommerso da un pisanti odori di sosizza arrostuta. Se un forasteri fusse capitato nei paraggi e avissi respirato quell'aria, sarebbi ristato a digiuno per 'na simanata, tanto si sarebbi sintuto saziato.

L'ondata, dicemo accussì, famigliare accomenzava a sgombrare il campo tanticchia avanti della mezzannotti ma prima spisso si formavano spontanie associazioni di volontari volintirosi che annavano, seguite dal coro chiangente delle matri, alla ricerca di picciliddri che puntualmente scomparivano e vinivano arritrovati doppo longhe ricerche addrummisciuti a ripa di mari o mezzi cummigliati dalla rina.

Po', passata la mezza, arrivava la secunna ondata. Che era formata tutta di giovani.

Questa non era vucciulera come la prima e i sò attrezzi non erano di cucina. Qualichi coperta, radioni e chitarre.

I picciotti e le picciotte arrivavano a gruppi ma squasi subito si scindevano in coppie che si pirdivano, già strittamenti abbrazzate, nell'accoglienti scurità.

Ccà e ddrà, ogni tanto, s'addrumava e subito s'astutava, come a 'na lucciola solitaria, 'na pila tascabili.

Si trattava di qualichi ritardatario che circava la sò compagna e allura potiva capitari di sintiri qualichi voci alterata, un principio d'azzuffatina, pirchì macari c'era stato qualichi sgradevoli (o gradevoli, va' a sapiri) scangio di pirsona.

Quanno spuntava il primo soli, supra alla 'ntera pilaja non c'era cchiù nisciuno.

Ristava la lordura, buttiglie vacanti, scatole, sacchetti, preservativi, siringhe, pezzi di sosizza e di cuddrironi che vinivano avidamenti mangiati dai cani randagi.

I munnizzari avrebbiro dovuto travagliare 'na jornata 'ntera per fari pulizia.

Montalbano, l'anno passato, caputa l'antifona, aviva agguantato la machina e sinni era ghiuto a mangiari a Fiacca pigliannosilla commoda. E ancora cchiù commoda se l'era pigliata al ritorno, in modo d'attrovarisi a Marinella quann'era subentrata la secunna ondata che almeno gli consintiva di dormiri.

Ma quell'anno c'era Livia, la quali si era 'ntistata a non volirisi perdiri lo spittacolo.

Lui, ammucciuni dalla sò zita, aviva allura tilefonato ad Adelina prignannola di addiviniri a un armistizio fistivo priparannogli qualichi cosa di mangiare.

E Adelina, alle novi, con un sò figlio, gli aviva mannato 'na lanna di cuddriroloni e un rotolo di sosizza già arrostuta che abbastava quadiare al forno.

Mangiaro e vippiro nella verandina con un sottofunno musicali non propiamenti armonioso, che viniva dalla pilaja indove che primiggiavano Al Bano e Romina che l'anno avanti avivano vinciuto a Sanremo con 'na canzuna che s'acchiamava *Felicità*.

E ci ristaro macari doppo che la prima ondata lassò campo libbiro alla secunna.

Era 'na notti di scuro fitto, di nìvuro uniformi, si sintivano sulo parlottii, risateddri, sospiri. La musica era fatta da qualichi chitarra. 'Na voci di picciotta ogni tanto acchiamava a un tali Armando che non arrispunniva.

Po' vicino alla verandina, tanticchia a mano manca, qualichiduno accomenzò a sonari 'n'armonica a vucca. Motivi lenti, malincuniosi. Era bravissimo. A Montalbano arricordò un sonatori famoso di jazz, come s'acchiamava? Tiliman? Telemans?

Tutto 'nzemmula, Livia, che s'era scolata 'na bella quantità di vino senza addunarisinni, appujò la testa supra alla spalla di Montalbano e s'addrummiscì. Il commissario la pigliò 'n potiri e l'annò a stinnicchiare supra al letto.

Erano le tri del matino.

S'arrisbigliò all'otto. Livia era sprufunnata nel sonno. Si susì, annò a rapriri la porta-finestra, niscì nella verandina. La calura era già forti.

La pilaja era un mari di munnizza, che già mannava un feto di putridumi. A manca della verandina, a mità strata verso la ripa, era ristato sulo un essiri viventi. Un tali, o 'na tali, che dormiva completamenti arrotuliato dintra alla coperta. Se non s'arrisbigliava a tempo, sarebbi stato cotto dal soli.

Annò 'n bagno e quanno niscì s'addunò che Livia non era cchiù nel letto.

L'attrovò nella verandina.

«Ora vado io in bagno e poi ci andiamo a fare una bella nuotata. Che ne dici?».

«D'accordo».

Annò 'n cucina e priparò 'na grossa cicaronata di cafè. Livia avrebbi fatto colazioni doppo la natata.

Mezz'ora appresso s'arritrovaro nella verandina.

«Che strano!» fici Livia.

«Cosa?».

«Non hai notato che c'è qualcuno che continua a dormire avvolto in una coperta?».

«Andiamo giù» dissi Montalbano. «Passando, lo svegliamo».

Scinnero nella pilaja, ficiro lo slalom tra tutte le fitinzie che cummigliavano la rina e po' Livia dissi:

«Mi sembra un uomo».

Montalbano taliò meglio e si fici pirsuaso che aviva raggiuni. La coperta era accussì strittamenti avvolgiuta da disignari le linii di un corpo 'ndubbiamenti mascolino.

«Lo sveglio io» fici il commissario.

S'avvicinò, s'acculò, allungò un vrazzo, con la mano scotì leggermenti il corpo.

«Sveglia! È tardi!».

Non ci fu nisciuna reazioni. Forsi era il sonno pisanti del dopposbornia. Scotì il corpo ancora cchiù forti.

«Sveglia!».

Nenti, ancora nisciun movimento.

Di colpo, Montalbano accapì. Si susì, affirrò a Livia per un vrazzo, la fici spostari di qualichi passo.

«Vai a casa!».

Livia era confusa e 'mparpagliata, macari a lei quell'immobilità non la pirsuadiva.

«Ma...».

«Non discutere, ti prego».

Aspittò che Livia fusse trasuta 'n casa, po' s'agginocchiò allato al corpo e ossirvò la coperta che l'avvolgiva. Nella parti di supra, quella cchiù vicina alla testa, si era formato come un tunnel di stoffa dintra al quali 'na mano potiva passari. Ce l'infilò quatelosamenti, 'ncontrò prima i capilli di un omo, po' arrivò alla fronti.

A malgrado della grannissima calura era fridda del friddo della morti.

Corrì 'n casa.

«È morto, vero?» gli spiò Livia.

«Sì».

S'attaccò al tilefono e chiamò a Mimì Augello.

Fazio aviva portato a sò patre e a sò matre a passari tri jorni a Messina da uno zio al quali erano affezionati. Macari Mimì doviva non essirici. Aviva confidato a Montalbano d'aviri accanosciuto a 'na picciotta francisi con la quali aviva progettato 'na gita a Taormina dal quattordici al sidici, senonché la sira del tridici la picciotta aviva lassato l'albergo e sinni era ghiuta per i fatti sò. Ora Augello, 'nveci di un Ferrausto solitario, ne avrebbi avuto uno chiuttosto affollato. Montalbano gli contò la scoperta e aggiungì:

«Mimì, avverti il Comune che mannino delle guardie per tiniri luntana la genti, tra picca ccà sarà chino di bagnanti».

«E po' che devo fari?».

«Avverti macari il pm, il dottor Pasquano e la Scientifica».

«E se è morto di morti naturali?».

«Mimì, non fari dimanne cretine. Lo constateranno scientificamenti che è morto di morti naturali. Doppo, veni subito ccà».

Tornò a taliare dalla verandina. Già erano arrivati 'na decina di bagnanti. Pigliò 'na decisioni.

«Tu resta qua» dissi a Livia. «Io mi ci vado a mettere accanto. Così passeranno alla larga».

Mimì Augello arrivò 'na mezzorata doppo. Affannato e già stanco, s'assittò supra alla rina.

«Scusami il ritardo, ma non è stato facili attrovare alle pirsone».

Era vistuto di tutto punto, sia pure senza cravatta, ed era completamenti assammarato di sudori.

«Trasi 'n casa, fatti dari da Livia un costumi mè e torna ccà».

Ad Augello non parse vero. Quanno tornò, Montalbano gli fici:

«Resta tu di guardia. Io mi vado a ghittari a mari che mi staio arrostenno. Po' ti do il cambio».

Non cinni fu di bisogno pirchì cinco minuti appresso arrivaro quattro guardii municipali.

La Scientifica s'arricampò per prima. Subito sparò 'na gran quantità di fotografii. Macari della munnizza che c'era nelle vicinanze del catafero, po' accomenzaro a srotoliare la coperta adascio adascio.

Accussì lentamenti comparse il corpo di quello che doviva essiri stato un beddro picciotto trentino che 'ndossava 'na canottiera bianca, pantaloncini bermuda e un paro di sannali.

La cammisa del picciotto era sutta alla sò schina. Allato al scianco sinistro, stavano un laccio emostatico e 'na siringa. La facci non aviva spressioni, l'occhi chiusi, pariva che dormiva.

Non aviva portafogli, nenti. Forsi era stato derubato da qualichi sciacallo quanno era ancora 'n agonia.

Il dottori Pasquano s'arricampò quanno la Scientifica aviva finuto di fari il sò travaglio. Era d'umori nìvuro.

«Macari a Ferrausto ti venno a scassare i cabasisi!».

«Aieri a sira perse a poker?» gli spiò Montalbano.

«E a lei che gliene fotte?».

Comunqui, doppo aviri esaminato a longo il catafero, dissi che il picciotto era morto probabilmenti per overdose verso le dù di notti.

Il pm Tommaseo si fici vivo che era squasi l'una.

«È un uomo o una donna?» spiò prima di vidiri il catafero.

Aviva un deboli, tutto tiorico, per le fìmmine. Soprattutto se erano giovani e beddre.

«Uomo. Mi dispiace deluderla» fici sgarbato Pasquano.

Finalmenti, all'una e mezza, il catafero vinni portato all'obitorio di Montelusa.

«Passa a trovarimi alla scurata» dissi Montalbano a Mimì salutannolo.

E sinni trasì 'n casa.

«C'è ancora un po' di quella pizza di Adelina...» fici Livia.

«Non chiamarla pizza. Si chiama cuddrironi».

«Ma io non lo so pronunziare!».

«No, ti ringrazio, non ho appetito. Tu hai mangiato?».

«Neanch'io ho appetito».

Si taliaro, s'accapero.

L'unica era d'annarisi a corcari.

E accussì ficiro.

Due

Mimì tuppiò alla porta di Marinella che il soli era appena calato e un liggero vinticeddro non sulo rinfriscava l'aria ma si portava luntano verso il mari tutto il feto 'nsopportabbili della munnizza già mezza putrefatta dal soli. Se non ci fusse stato quel vinticeddro benefico sarebbi stato 'mpossibbili starisinni assittati nella verandina, a meno di non essiri muniti di maschiri antigas.

«Sono passato dal commissariato per sapiri se c'erano novità» dissi Augello. «Sino a questo momento non c'è stata nessuna denunzia di scomparsa».

«È ancora troppo presto» fici il commissario. «E speriamo che arriva presto, 'sta dinunzia. Pirchì masannò l'identificazione sarà 'na facenna longa».

«Comunqui, non saremo assillati per trovare il colpevole, dato che non si tratta di un omicidio» fici Augello.

«Sapete una cosa?» 'ntirvinni Livia. «A me questa morte m'ha sconvolta assai più di un omicidio».

«Perché?».

«Una morte così solitaria, e squallida... Con tante persone che attorno a lui si divertivano... non so, m'ha rattristato profondamente. Perché ha voluto uccidersi?».

«A sentire Pasquano, il suicidio non c'entra. È stato un errore, un'overdose» dissi Mimì.

«Chi si droga così, a parere mio, esercita una sorta di suicidio continuato» fici Livia.

Po' cangiaro discurso.

E Montalbano, in uno slancio di generosità, di cui non seppi spiegarsi la scascione, 'nvitò Augello a ristare a mangiare con loro l'abbunnanti resti del cuddrironi e della sosizza.

All'indomani a matino, 'n ufficio, il commissario vinni chiamato al tilefono dal capo della Scientifica.

«Montalbà, non quatra».

«Che cosa?».

«La facenna del morto nella coperta».

«Che c'è che non quatra?».

«L'overdose».

«Pirchì non quatra?».

«Me lo spieghi come fa uno a farisi 'na gnizioni e a non lassari nisciuna 'mpronta digitali supra alla siringa?».

Montalbano allucchì. La notizia non sulo non se l'aspittava, ma cangiava completamenti il quatro della situazioni.

«Non cinn'erano?».

«Cinni erano, ma nisciuna identificabili. La siringa è stata puliziata maldestramenti doppo la gnizioni».

«Che significa maldestramenti?».

«È stata 'na puliziata superficiali per cui sono ristate tracce d'impronte che però non sono bastevoli per una comparazione».

A Montalbano nascì un dubbio.

«Un momento. Non è possibbili che si tratti di 'na cancellazioni 'nvolontaria?».

«Non ho capito».

«Non è possibbili che sia l'omo quanno si è arrotoliato nella coperta sia voi quanno l'avete srotolato avete provocato la parziali cancellazioni delle 'mpronte?».

La risposta arrivò doppo qualichi secunno.

«Non l'escluderei».

Subito appresso, chiamò ad Augello e l'informò della tilefonata. Concluderò che la meglio era d'aspittari i risultati dell'autopsia.

«Sì, ma Pasquano quanno s'addicidirà a farla?» spiò Augello.

«Bisognerebbi addimannarglielo. Ma capace che mi manna a fari...».

«E tu armati di coraggio e provaci».

Montalbano fici il nummaro. Gli arrispunnì il cintralinista dell'Istituto.

«Mi dispiace, commissario, ma il dottor Pasquano sta lavorando e m'ha detto che non vuole essere disturbato».

«Ne avrà per molto?».

«Credo per tutta la mattinata».

Non c'era che da mittirisi il cori 'n paci e aspittari con santa pacienza il commodo di Pasquano.

Il commissario passò tanticchia di tempo a firmari carti burocratiche delle quali, per quanta bona volontà e 'mpigno ci mittiva, ci accapiva picca e nenti, po' il tilefono sonò.

«Dottori, ci sarebbi che c'è in loco 'na signurina fìmmina la quali voli un acconsiglio».

«Un acconsiglio?».

«Sissi, un acconsiglio supra a sò frati che stanotti non erasi rincasato nella casa di lui stisso midesimo».

Una scomparsa?

La cosa potiva essiri 'ntirissanti assà. Taliò il ralogio, erano squasi le unnici. Tempo ne avivano a tinchitè.

«Falla viniri 'nni mia e dici al dottor Augello di viniri macari lui».

Trasì 'na brunetta graziusa, dai granni occhi espressivi, 'na trentina chiuttosto prioccupata e chiaramenti a disagio in un ambienti a lei novo quali un commissariato.

«Mi chiamo Anna D'Antonio» dissi con un filo di voci.

Montalbano si prisintò, le prisintò Augello, la fici assittare davanti alla scrivania. Accapiva pirfettamenti lo stato d'animo della picciotta epperciò le parlò paternamenti, a malgrado che le fusse squasi coetaneo.

«Ci dica tutto con calma, si prenda tutto il tempo che vuole, noi siamo qui a sua completa disposizione».

«Grazie» fici la picciotta. «Non so da dove cominciare. Il fatto è che sono molto preoccupata».

«Ce ne dica il perché».

«Vedete, mio fratello Mario, più grande di me di tre anni, e io abitiamo assieme da dieci anni, da quando sono morti i nostri genitori. Non siamo sposati, né io né lui».

«Suo fratello lavora?».

«Ora è il responsabile amministrativo della Vigàta Export Import».

«E lei lavora?».

«Io insegno italiano al liceo di Montelusa».

«Vada avanti».

«A Mario, che ha un carattere completamente diverso dal mio, capita di passare qualche notte fuori casa, ma si premura d'avvertirmi sempre per non farmi stare in pensiero».

«E stanotte è rimasto fuori senza...».

La picciotta ebbi un momento di difficortà.

«No. Non stanotte. Ecco, vedete, l'altro ieri sera, il quattordici, uscendo da casa, mi ha detto che avrebbe passato la notte sulla spiaggia con alcuni amici. Senonché la mattina del quindici non è rincasato. L'ho atteso per tutta la giornata, poi stanotte non ho potuto chiudere occhio... nemmeno una telefonata, niente».

«Le ha fatto per caso i nomi di questi amici coi quali aveva deciso di andare?».

«No.

«Ma lei gli amici di suo fratello certamente li conosce».

«Alcuni sì. Infatti ho telefonato a Carla per...».

«Scusi, chi è Carla?».

«Carla Ramirez. È la ragazza di mio fratello».

«La sua fidanzata?».

«Non so... si frequentano, stanno spesso insieme...».

«Che le ha detto?».

«Mi ha detto che tra lei e Mario non correva un buon momento e perciò non è voluta andare con lui... Insomma, mi ha detto chiaramente che non sapeva niente di Mario».

Montalbano si fici pirsuaso che ora doviva arrivari al dunqui. Per un attimo, videnno l'occhi scantati della picciotta, gli vinni a fagliare il coraggio. Si fici forza.

«Ha con sé una foto di suo fratello?».

«Certamente».

La cavò fora dalla vurza e la pruì al commissario.

Il quali la taliò e la passò ad Augello.

Non c'era dubbio possibbili: quella era la foto del picciotto attrovato morto supra alla pilaja.

«Suo fratello faceva...».

Si corriggì 'mmidiato.

«Suo fratello fa uso di stupefacenti?».

La picciotta lo taliò sbalorduta.

«Mario? Ma che dice?!».

«Non può darsi che ne facesse uso a sua insaputa?».

«Lo escludo nel modo più assoluto. Ma perché insiste tanto su questa storia degli stupefacenti?».

Montalbano pigliò sciato, taliò ad Augello che schivò pronto la taliata, e po' dissi:

«Perché è stato trovato sulla spiaggia il cadavere di un giovane morto per overdose. Assomiglia moltissimo a suo fratello».

La picciotta addivintò bianca bianca.

«Se è morto per overdose non può essere Mario».

La voci era debolissima ma ferma.

«Se la sente di andare a Montelusa all'Istituto di medicina legale e vedere il cadavere? L'accompagnerà il mio vice».

«Me la sento».

«Vedi se la cosa è fattibile» dissi Montalbano ad Augello.

Il quali si susì e niscì dalla càmmara. La picciotta aviva accomenzato a trimari tutta.

A un certo momento si susì, affirrò con le sò le mano di Montalbano e, taliannolo occhi nell'occhi, sussurrò:

«È lui? È lui?».

«Sì, è lui» dissi il commissario.

La picciotta ricadì supra alla seggia chiangenno e murmurianno:

«Non è possibile! Non è possibile!».

Tornò Augello.

«Hanno detto di sì. Possiamo andare».

La picciotta non si potiva cataminare. Amorevolmenti, Augello la fici susiri, la pigliò suttavrazzo, niscì con lei.

Montalbano, accapenno che Augello non sarebbi tornato presto, annò a pigliare a Livia e se la portò a mangiare nella trattoria San Calogero. Strata facenno, le contò della visita di Anna D'Antonio e del fatto che oramà era certo che il morto era il frati della picciotta.

«Se faceva uso di stupefacenti, l'avrà forse potuto tenere nascosto alla sorella ma non certo alla sua amica» fu l'osservazioni di Livia. «Se tu ti drogassi, me ne accorgerei».

«E allora che faresti?».

«Cercherei di farti smettere».

«Questo vuol dire che non mi ami».

«Ma che dici?!».

«La verità. Se tu m'amassi ciecamente, ti drogheresti anche tu».

«Ma io non ti amo ciecamente!».

«Lo vedi?!».

«Che devo vedere? Io ti amo con tutta me stessa, ciò non toglie che io m'accorga lucidamente dei tuoi difetti che per fortuna sono di gran lunga inferiori ai tuoi pregi».

«Allora sono un uomo pieno di difetti?».

«Senti, Salvo, non ho mai detto questo e non ho nessunissima voglia di litigare».

Per fortuna, erano arrivati davanti alla trattoria.

Mimì Augello s'arricampò alle quattro del doppopranzo.

«Come mai ci avete messo tanto tempo?».

«Ma no! Anna ha identificato il fratello ed è svenuta. Io l'ho riaccompagnata a casa e non ho voluto lasciarla sola. Mi faceva pena, poveretta. Le ho tenuto compagnia, l'ho convinta a mangiare qualcosa... e così ho fatto tardi».

Montalbano non fici commenti. La carità di Mimì verso 'na fìmmina bisognevoli era sempri tanticchia pilosa.

«Pasquano quando si degnerà di fari l'autopsia?».

«Spero domani mattina. Ti volevo rifiriri 'na cosa che mi ha ditto Anna».

«Sarebbi?».

«Che sò frati nell'urtima simana non era del solito umori allegro. Era addivintato mutanghero, nirbùso e sgarbato. Prima non era mai stato accussì».

«Sinni detti 'na spiegazioni?».

«No. Ma quanno seppi che si era sciarriato con la sò amica, pinsò che la causa potiva essiri stata questa».

Tre

L'amica di Mario addivintava sempri cchiù 'ntirissanti.

«T'arricordi come fa di cognomi 'sta Carla e indove abita?».

«Sì, l'ho spiato ad Anna».

«Facemo accussì. Fino a 'sto momento non sapemo se si tratta di 'na morti dovuta a overdose o a omicidio. Aspittamo quello che dici Pasquano. Se macari lui avi dubbi, 'nterroghiamo subito a 'sta Carla».

La matina appresso Fazio tornò 'n servizio. E il commissario gli contò dittagliata la storia del morto supra la pilaja.

«Indove travagliava?».

«Sò soro 'nni dissi che era responsabili della contabilità della Vigàta Export Import».

Fazio fici 'na facci dubitosa.

«Non l'aio mai 'ntisa nominari».

«Manco io».

«Forsi è beni che m'informo».

«Se non hai di meglio da fari...».

Fazio niscì di prescia dalla càmmara. Tri jorni di riposo per lui erano assà, ora si doviva rifari.

Visto e considerato che non arriciviva tilefonate da Pasquano, Montalbano s'arrisolvì a chiamarlo lui.

E volli usari i guanti gialli.

«Mi perdoni se la disturbo, dottore, ma avrei veramente urgenza di sapere...».

«Matre santa! Che si studiò, il galateo, stanotti? Quanno lei addiventa gentili, io m'apprioccupo assà. Volete tornari a parlari come pirsone normali? Che minchia vuole?».

«Sapiri se finalmenti si è addiciso di fari l'autopsia che lei sa, 'nveci di fissiarisilla al circolo pirdenno a poker».

«L'ho fatta, l'ho fatta».

«Mi può dire qualcosa?».

«Sei».

«Sei cosa?».

«Venga con sei cannoli».

Si misi 'n machina, accattò i sei cannoli, proseguì per Montelusa, arrivò all'Istituto, parcheggiò, scinnì.

«Il dottore l'aspetta» fici l'usceri.

Annò nell'ufficio di Pasquano, che era assittato alla scrivania e stava scrivenno, gli posò davanti la guantera coi sei cannoli. Pasquano ne agguantò subito uno.

«Vorrei sapere se...».

«Mi lasci finiri 'n paci il cannolo».

Dovitti aspittari bono bono.

«Ora domandi pure».

«La Scientifica ha dei dubbii perché...».

«Li saccio i dubbi della Scientifica».

«E che mi dice 'n proposito?».

«Che hanno ragione».

«In che senso?».

«Nel pinsare che l'impronte supra alla siringa sunno state malamenti cancillate».

«Si può spiegare meglio?».

«Con l'aiuto di 'n autro cannolo, sì. Dunqui. È sicuro che il picciotto è morto per un'overdose, sulo che a me non risulta che era uno che faciva uso di stupefacenti. Quella, al novantanovi per cento, è stata la prima e, sfortunatamenti, l'urtima gnizioni».

«Senta, dottore, ma per farigli 'sta gnizioni l'avranno dovuto di nicissità immobilizzari, no? E come mai un picciotto sano e robusto come a quello non si è difinnuto, non ha chiamato aiuto?».

«Non potiva».

«E pirchì?».

«Pirchì gli avivano fatto viviri un sonnifiro potentissimo, a effetto squasi 'mmidiato. Ne ho attrovato abbunnanti tracce. Macari, prima, gli avranno offerto amichevolmenti un bicchieri di vino, il povirazzo se l'è vivuto...».

«A proposito, aviva mangiato?».

«Sì, 'na certa quantità di cuddrironi che non ha fatto a tempo a digerire».

«A che ora risale la morti?».

«Con 'sto càvudo che c'è è difficili stabilirlo se non con granni approssimazioni... Dicemo tra l'una e le dù della notti tra il quattordici e il quinnici».

«Quindi non ha dubbi che si tratta di un omicidio? Il suo referto parlerà di delitto?».

«È stato un omicidio, senza nisciun dubbio. Come non c'è dubbio che 'sti cannoli sunno 'na vera magnificenza».

Quanno tornò 'n ufficio nel primo doppopranzo, Montalbano rapportò ad Augello e a Fazio i risultati dell'autopsia.

«Siccome che quanno l'ho visto io» concludì «allato a lui non c'era traccia che era stato 'n compagnia a mangiari e a viviri, questo significa che chi l'ha ammazzato s'è portato la buttiglia di vino, la lanna di cuddrironi e tutto quanto».

«Perciò dovemo assolutamenti scopriri con chi annò nella pilaja» dissi Augello.

«E l'unica che può dircelo è la sò cara amica Carla, dato che sò soro Anna ci ha già dichiarato fin dal principio che non accanosciva all'amici che Mario frequentava».

«Chi ci va a parlari?» spiò Augello.

«Ci vaio io» arrispunnì Montalbano.

«Volevo diri 'na cosa a proposito della società nella quali travagliava il picciotto» dissi Fazio.

«Che hai saputo?».

«'Ntanto, che è registrata alla Camera di Commercio da appena quattro misi ma è in piena attività. Esporta prodotti locali e 'mporta robba da tri paìsi del Sud America».

«Prodotti locali? Stai babbianno?» fici Augello.

«Accussì hanno addichiarato».

«Mimì, capace che hanno 'ntinzioni d'esportari cuddriruni e sosizza» dissi Montalbano. «E dato che sei 'n cunfidenza con Anna, 'nformati indove travagliava prima sò frati e se si può sforzari ad arricordarisi il nomi di qualichi amico, macari consultanno l'agendina di lui o qualichi cosa di simili. Mi pari che Carla di cognomi fa Ramirez, vero?».

Avutane confirma da Mimì, ne circò il nummaro nell'elenco tilefonico, l'attrovò, lo fici mittenno il vivavoci.

«Pronto? La signorina Carla Ramirez? Buongiorno. Il commissario Montalbano sono».

Carla ristò un momento 'mparpagliata, lassò passare tanticchia di tempo prima di spiare:

«Un commissario? E che vuole da me?».
«Ho bisogno di parlarle con urgenza».
«Ma perché? Che è successo?».
Montalbano non arrispunnì alla dimanna.
«Senta, se non posso venire io da lei, la mando a prendere con una nostra macchina».

Forsi la prospittiva che tutto il vicinato la vidiva che la viniva a pigliare 'na machina della polizia con la sirena l'atterrì.

«No, venga, l'aspetto».

Riattaccò.

«Pirchì non le dicisti che il sò amico è morto?» spiò Augello.

«Pirchì quanno glielo dirò, la voglio taliare nell'occhi».

Appena che Carla gli vinni a rapriri la porta, Montalbano ristò un momento 'mparpagliato. Pirchì era esattamenti come se l'era 'mmaginata mentri guidava verso la sò casa. Àvuta, biunna, appariscenti, curatissima, aliganti, non arriniscì però a controllari la curiosità e il nirbùso mentri faciva strata al commissario e lo faciva trasire in un saloni bono arridato.

«Mi dica subito che vuole da me, per favore».

«Mi è stato detto dalla signorina Anna D'Antonio che lei è una buona amica di suo fratello...».

Carla l'interrompì.

«È qui per qualcosa che riguarda Mario?».
«Sì».
«Che gli è successo?».
«È morto».

Il commissario s'aspittava 'na reazioni scomposta, 'nveci Carla addivintò pallita pallita, il mento le trimò, si abbannunò contro lo schienali della pultruna, si cummigliò la facci con le dù mano. Sinni stetti tanticchia accussì, po' si susì.

«Mi scusi» dissi.

E niscì dalla càmmara per annare a chiuirisi 'n bagno.

E ccà capitò 'na cosa curiusa. L'occhi di Montalbano cadèro supra a un granni specchio che c'era nella pareti a mano manca del posto indove stava assittato e proprio all'artizza di 'na porta aperta. Riflittiva qualichi cosa che dalla posizioni nella quali s'attrovava non arriniciva a distinguiri bono. Si susì e s'avvicinò. Lo specchio riflittiva la càmmara di dormiri di Carla, si vidiva un comodino e 'na parti di un letto matrimoniali.

Supra al letto c'era un pacco aperto a mità, bastevoli però per vidiri che continiva un plaid o qualichi cosa di simili. Sintì raprirsi la porta del bagno e tornò ad assittarisi.

Carla si era data 'na rinfriscata, pariva aviri riacquistata 'na certa carma.

«Quando è stato?».

Montalbano glielo dissi. Po' spiò:

«Da quand'è che non vi vedevate?».

«Da una ventina di giorni».

«Avevate litigato?».

«Lo facevamo spesso, lui era molto geloso. Ma l'ultima volta è stata diversa dalle altre. È stata una rottura».

«Sempre per la sua gelosia?».

«No. La sua gelosia era campata in aria, il motivo per cui io ho cominciato a litigare era concreto e serio».

«Posso conoscerlo?».

«Preferirei di no».

«Lei lavora?».

«Sì. Ma sono in ferie».

«Dove?».

«Mi occupo delle relazioni pubbliche alla Vigàta Export Import».

«Quindi vi siete conosciuti lì?».

«Niente affatto. Ci conoscevamo da molto prima. Sono stata io a farlo assumere».

Sorridì leggermenti, continuò:

«Sono i vantaggi che si hanno ad essere la figlia del Presidente».

«Lei conosce gli amici di Mario?».

«Certamente. Sono anche i miei amici».

«Vorrei che lei me ne scrivesse i nomi e gli indirizzi».

«Perché?».

«Perché penso che Mario sia andato sulla spiaggia con qualcuno di loro la notte del 14».

La picciotta storcì la vucca.

«Io i nomi e gli indirizzi glieli do, ma credo che lei si stia sbagliando. I nostri amici hanno trascorso quella notte nella villa di uno di loro a Capo Rossello».

«Lei c'era?».

«No. Sono andata a trovare papà che è vedovo da poco. Sono figlia unica. Ci sono andata alle nove, abbiamo cenato, alle undici e mezzo sono tornata a casa e me ne sono andata a letto. Se ha un foglio in tasca, le detto i nomi e i numeri dei nostri amici».

Ci misiro picca tempo. Erano appena sei, vali a diri dù coppie con l'aggiunta di un mascolo e 'na fìmmina che non facivano coppia.

La conversazioni era arrivata al punto finali. E allura Montalbano addecidì di sparari la cannonata.

«Io avrei finito. Ma si rende conto che ha commesso una gravissima omissione?».

La risposta fu 'mmidiata e ferma.

«Me ne sono benissimo resa conto».

«Perché l'ha fatto?».

«Perché ho timore della sua risposta».

«Lei capisce che se non mi fa quella domanda, io sarò costretto a sospettare che lei sappia di più di quanto non mi abbia detto?».

La picciotta fici un longo sospiro.

«Va bene. Gliela faccio. Di cosa è morto?».

«Saprebbe darsela da sé la risposta?».

«Sì».

«Se la dia».

«Di overdose. È stato questo il motivo della nostra lite. Un mese fa ci è quasi restato. Si è salvato per un pelo. Stavolta invece...».

Quattro

Fazio ci misi sulo dù jorni a parlari con i sei amici di Mario. E tutte le risposte combaciavano.

Sì, avivano passato la nuttata nella villa di Capo Rossello.

No, Mario non era voluto andare con loro. Del resto, nell'urtima simana, era nirbùso e prioccupato.

No, Carla non c'era. Aviva ditto che sarebbi annata ad attrovari a sò patre.

No, escludivano che Mario faciva uso di droghe. Uno spinello ogni tanto sì, ma lì si firmava.

Pasquano, vinuto a sapiri da Montalbano quanto addichiarato da Carla, prima s'arraggiò, santiò, 'nsultò il commissario e alla fini ammisi che se Mario si era drogato malamenti un misi avanti, la cosa potiva macari non arresultare dall'autopsia.

Montalbano arrifirì la situazioni a Livia, la quali doppo aviri arriflittuto tanticchia, dissi 'na cosa che colpì assà a Montalbano.

«Di chi era il plaid?».
«Quale plaid?».
«Quello nel quale era avvolto».

Erano alla trattoria San Calogero. Il commissario si susì di scatto, annò al tilefono e chiamò ad Anna.

La quali dissi che quanno Mario era nisciuto da casa non si era portato appresso nenti. E proseguì:

«Questo plaid mi è stato restituito proprio stamattina. Ma non è nostro, non ne abbiamo mai avuti così. Che devo fare?».

«Lo dia al dottor Augello quando lo vede».

«È da escludere che quello che l'ha ammazzato si sia portato appresso il plaid» dissi il commissario a Livia. «E allora da dove salta fuori?».

Livia non seppi arrispunniri.

Quella sira stissa, a Marinella, siccome che faciva uno dei soliti sdilluvi di fini stati, Montalbano e Livia ristaro 'n casa a taliarisi la tilevisioni. C'era la replica di un programma di varietà e tutto 'nzemmula comparse un omo di mezza età che si misi a sonari l'armonica a vucca. Era Toots Thielemans, il nummaro uno.

E in quel priciso momento il commissario s'arricordò del bravo sonatori che aveva sintuto quella notti. Si susì, annò alla verandina, taliò la pilaja sutta all'acqua. Sì, il sono viniva da un posto vicinissimo a quello indove era stato attrovato il catafero. Di sicuro, se non viduto, qualichi cosa doviva aviri sintuto.

Era fondamentali parlare con lui. Ma come fari per attrovarlo?

Ci pinsò bona parti della nuttata, po' l'idea gli vinni.

All'indomani matino, appena 'n ufficio, tilefonò a Zito, il giornalista che dirigiva «Retelibera» e che era amico sò. Il risultato fu che, a partiri dal tilegiornali dell'una, vinni liggiuto 'sto comunicato:

La Polizia ha urgente bisogno di mettersi in contatto con chi, nella notte tra il quattordici e il quindici corrente mese, suonava un'armonica a bocca sulla spiaggia di Marinella a Vigàta. Si assicura la massima discrezione. Telefonare al Commissariato di Vigàta chiedendo del dottor Montalbano.

E alle setti di sira lo sconosciuto sonatori tilefonò.
«Forse sono io la persona che cercate. Mi chiamo Massimo Rocca».
«Signor Rocca, le sono immensamente grato per la sua cortesia. Ha cinque minuti di tempo per venire da noi?».
«Ora?».
«Se fosse possibile...».
«Va bene».

Era un trentino chiuttosto curtoliddro, occhi 'ntelligenti, sveglio e pronto di parola.
All'incontro erano prisenti Augello e Fazio.

«Ho portato l'armonica con me» dissi tirannola fora dalla sacchetta della giacchetta. «Se volete avere la prova che sono veramente io quello che cercate...».

«Le crediamo» dissi il commissario. E aggiungì: «Lei è veramente bravo, lo sa?».

«Sono solo un dilettante. Anche se passo con l'armonica tutto il tempo libero».

«Che fa?».

«Faccio il rappresentante di commercio».

«Veniamo al motivo per cui l'ho dovuta disturbare. Con chi era sulla spiaggia quella notte?».

«Con la mia ragazza. Si chiama Giulia. È lei che mi ha fatto venire qua di corsa».

«A che ora siete arrivati?».

«Poco dopo la mezzanotte».

Sorridì.

«C'era anche lei, in compagnia. Ma era sopra una verandina e teneva la luce accesa».

«Già. È da lì che la sentivo suonare. C'era buio fitto, ma lei ebbe modo di sentire...».

«Guardi, commissario, poco dopo di noi arrivò un'altra coppia. Lui addirittura inciampò tra i piedi della mia ragazza. Si distesero vicinissimi. Non prestai loro molta attenzione, anche se ogni tanto mi giungeva qualche loro parola».

«Mangiarono, bevvero?».

«Sì. Mi giunse l'odore del cuddrironi e mi tornò

l'appetito. Noi avevamo cenato prima di andare sulla spiaggia».

«E poi?».

«Poi, dopo un'ora circa, ebbi l'impressione che la ragazza se ne fosse andata lasciandolo solo. Ma è un'impressione, badi bene».

«Successe altro?».

«Sì. Ma non saprei spiegarlo».

«Si sforzi».

«Ebbi ancora una volta un'impressione. Che l'uomo non fosse più solo. Mi giunse come un ansimare, intuii un movimento confuso... Ma durò pochissimo».

«A che ora ve ne siete andati?».

«Ce ne siamo andati via alle tre. Non posso dire altro».

«Signor Rocca, lei poco fa ha detto che ogni tanto giungeva fino a lei qualche parola... Si sforzi, la prego, di ricordarne qualcuna».

Il picciotto scotì negativo la testa.

«Sa, io ero concentrato a suonare... mi pare che una volta la ragazza chiamò per nome il suo... può essere Dario?».

«O Mario?».

«Potrebbe anche. Ma forse la mia ragazza è in grado di... Posso telefonare?».

«Faccia pure».

Il picciotto fici un nummaro.

«Giulia, ti telefono dal commissariato. Qua desiderano sapere se abbiamo inteso qualche parola della coppia alla nostra destra. Lei come lo chiamò? Dario o Mario? Mario, va bene. Ma tu hai sentito altro? Sì, va bene, glielo riferisco».

Posò la cornetta, s'assittò. Montalbano, Augello e Fazio lo taliaro senza rapriri vucca.

«Giulia dice che ha sentito che lui la chiamava Carla».

Se scoppiava 'na bumma, era meglio.

«Per 'ncastrarla non abbasta» fu il primo commento di Augello.

«Ho un'idea» dissi Montalbano. «Rocca ci ha ditto che la coppia si mangiò il cuddriruni. Quanti sono a Vigàta quelli che fanno il cuddriruni? Io saccio che, per le feste, le lanne di cuddriruni devono essere prenotate».

«Vado io» fici Fazio che aviva accapito a volo.

E niscì di cursa. Mimì, susennosi macari lui, dissi che Anna gli aviva dato il plaid che non era sò.

«Portamillo ccà» dissi il commissario.

Augello tornò con un pacco avvolto in carta di giornali. Lo raprì, dintra ci stava 'na busta di nylon attraverso la quali il plaid si 'ntravidiva. Mimì scartò macari questa e Montalbano l'ebbi davanti.

Ristò senza sciato.

Era priciso 'ntifico a quello che aviva viduto, attraverso lo specchio, posato supra al letto di Carla. Passato il primo momento, lo contò ad Augello.

«Se n'è accattato uno novo per sostiniri che il sò non l'aviva mai portato supra alla spiaggia» dissi Montalbano.

Cchiù tardo tilefonò Fazio. Dissi che la facenna era longa. Stabilero di rividirisi a matina.

«Ora la domanda è: qual è stato il movente?».

«Se le cose stanno come mi hai detto tu» fici Livia «e cioè che la ragazza l'ha attirato in un tranello, sulla spiaggia gli ha fatto bere il vino con il sonnifero e poi l'ha abbandonato in balìa dell'assassino, non credo che l'abbia fatto per motivi personali, gelosia o altro. Penso invece che si sia prestata per impedire che quel ragazzo commettesse un gesto, non so, qualcosa di irreparabile non solo per la stessa Carla. È un'idea confusa, ma...».

Ma per Montalbano fu come un lampo nello scuro.

Dato che Fazio non era ancora arrivato, la prima cosa che fici fu di tilefonari al viciquestori Mauretano, capo dell'Antidroga.

«Vorrei un'informazione. Che puoi dirmi su una società che si chiama Vigàta Export Import?».

«Perché lo vuoi sapere?».

«Perché sto indagando sulla figlia del Presidente Ramirez che sarebbe implicata...».

«Scusami» l'interrompì Mauretano. «Ho una riunione e mi stanno chiamando. Puoi ritelefonarmi in serata?».

Finalmenti, verso le unnici, Fazio s'arricampò mentri che nell'ufficio del commissario c'era Augello. Aviva la facci delle granni occasioni.

«Carla Ramirez ha prenotato 'na lanna di cuddrironi di quattro porzioni per le unnici e mezza di jorno 14 presso il fornaro Nicastro. Ho visto il quaterno indove che c'erano scrivute tutte le prenotazioni».

«È fottuta» dissi Augello. «L'annamo ad arristari?».

«Macari se non sapemo pirchì l'ha fatto?».

«Beh, intanto...».

«Non sugno d'accordo. Dovemo aviri il movimenti priciso».

«Sarà stata 'na facenna di gilosia».

«'Na fìmmina gilosa si vendica con le sò mano, non 'ncarrica a un terzo d'ammazzari doppo avirigli priparato il tirreno. Secunnu mia, la cosa è cchiù grossa».

«In che senso?».

Stava per arrispunniri ma vinni 'ntirrotto dallo squillo del tilefono.

«Ah dottori dottori! Ah dottori! Ci sarebbi che c'è supra alla linia il signori e guistori che...».

Lo voleva vedere immediatamente.

«Montalbano, vuole usarmi la cortesia d'informarmi su di un'indagine che lei sta conducendo a proposito di quel trentenne morto per overdose?».

«È morto per overdose, ma si tratta di un delitto».

«Delitto? La prego di leggere il referto del dottor Pasquano».

Montalbano lo liggì e allucchì.

Non si parlava per nenti di omicidio, anzi il referto affermava che la gnizioni il picciotto se l'era fatta da sulo. Taliò sbalorduto al questori.

«Quindi lei non ha motivo di fare alcuna indagine».

«Ma io ho raccolto una tale quantità di prove che...».

«Le metta in disparte. È un ordine».

Fu allura che Montalbano accapì.

«È stato Mauretano a volerlo? Teme che le mie indagini possano intralciare le sue?».

«Pensi quello che vuole».

Dù misi appresso Mauretano arristò a tutti i dirigenti della Vigàta Export Import, ad accomenzare da Ramirez e sò figlia per traffico di droga. Carla vinni 'mputata macari di concorso nell'omicidio di Mario D'Antonio che aviva scopruto il traffico e voliva addenunziari a tutti. Materialmenti, l'omicidio era stato compiuto da un omo di fiducia di Ramirez.

Tutto quello che il commissario ci guadagnò fu un caloroso ringrazio del questori per «la comprensione e l'alto senso del dovere».

E a Montalbano, per la raggia, gli passò il pititto per dù jorni.

Ventiquattr'ore di ritardo

Uno

Quel jorno faciva un misi esatto da quanno che si era accattato la casa di Marinella, epperciò Montalbano addicidì che la ricorrenza annava fistiggiata. Avribbi voluto che allato a lui ci fusse Livia ma quella si nni era dovuta ristari a Boccadasse pirchì 'n ufficio avivano chiffari assà.

Siccome che però gli ammancavano ancora i piatti, i bicchiera, le seggie, 'nzumma ogni cosa per arriciviri all'amici, si fici capace che doviva essiri 'na festa solitaria.

Quanno che aviva pigliato la casa, l'aviva fittata mezz'arridata, vali a diri con dei mobili scassatizzi che per pigrizia non aviva mai cangiato.

Po', quanno che il propietario s'addicidì a vinniriccilla, voliva che Montalbano s'accattassi macari quei mobilazzi, sulamenti che glieli vuliva vinniri per 'na summa spropositata e quindi il commissario aviva pinsato di riaccattarisilli novi novi. Ma non aviva fatto bono i conti.

La casa gli era costata assà, fagliava a dinari epperciò se li doviva accattari a picca a picca.

Le prime cosi nove foro il letto, quattro seggie e il tavolino che il commissario traslocava dintra e fora dalla verandina a secunna della nicissità. A lui gli parivano mobili passabili, ma quanno che Livia vinni a Marinella e li vitti, gli dissi che erano 'na vera e propia fitinzia e, fatta cizzioni per il letto supra al quali Montalbano si 'ncaniò, il commissario fu di nicissità obbligato, lo stisso doppopranzo dell'arrivo della zita, ad annare con lei a scigliri mobili novi che prosciucaro il già sò moribunno conto 'n banca. Quindi 'n casa ora tiniva: un letto, dù cascie di frutta che gli facivano da commodino, dù tavolini – uno di ligno supra alla verandina e 'n autro 'n càmmara di mangiari che non si accapiva che forma avissi, se tunna, rettangulari o quatrata, ma che a Livia era piaciuto assà pirchì era firmato da un noto designer milanisi – e otto seggie di paglia che sirvivano a tutti l'usi: portatilefono, divano, armuàr...

Comunqui sia s'era amminchiato che voliva fistiggiari il primo misi da possidenti, e quindi tilefonò a Livia:

«Senti, ho pensato a una soluzione per festeggiare insieme. Andiamo a comprare una bottiglia di champagne, e stasera brindiamo al telefono. Che ne dici?».

Livia acconsintì.

Passò 'n commissariato per vidiri se c'erano novità. Ma ancora 'na vota ebbi da Catarella 'na risposta negativa. Erano jorni, simane, che non capitava nenti. Nenti di nenti. Pariva che tutti i sdilinquenti di Vigàta si nni fussiro ghiuti 'n vacanza. Allura si nni niscì e annò nel negozio del signor Pirrotta che era la meglio vinirìa del paìsi.

Calogero Pirrotta aviva 'na curiosa mania che tutti a Vigàta accanoscivano e quindi il commissario non s'apprioccupò quanno che l'attrovò darrè al banconi 'n divisa da Wehrmacht. L'urtima vota che c'era annato ad accattarisi 'na buttiglia di whisky, 'ndossava 'n'uniformi dell'esercito neozilandisi. Per l'occasioni Calogero si era macari rasato e nel locali ci stava il sottofunno musicali di *Lili Marleen*, ma a malgrado tutto 'sto tiatro non aviva la sò solita facci gioviali, chiuttosto 'n'espressioni cupa e minazzevoli. 'Nfatti squasi aggridì il commissario.

«E lei cosa vuole? Che ci fa qua? Vinni a sapiri cosa?».

Montalbano strammò.

«Ma io vinni solo...».

«Per che cosa?».

«Per accattarimi 'na buttiglia di...».

«Ah, allora mi scusasse...».

«Che ti capitò, Calò?».

«Poi ci lo dico. A tempo debito» e fici 'nzinga

55

con la testa verso dù clienti che stavano a taliare 'na poco di buttiglie in una vitrina.

«Allora, come pozzo sirvirla, commissario?».

«Calò, voglio 'na buttiglia di sciampagni di gran marca».

Calogero si votò verso lo scaffali che aviva alle sò spalli ma po' ci ripinsò. «Vinissi cu mmia nel darrè» dissi.

Montalbano lo secutò nel retrobottega che era 'na càmmara chiuttosto granni, china china di mensoli con supra buttiglie e buttiglie e 'na tendina da angolo a angolo che ammucciava qualichicosa.

Da 'na pareti si partiva 'na scala che portava al piano di supra indove che ci bitava Calogero. Il locali non aviva finestri ma ci stava 'na porticeddra di ferro nica nica che sicuramenti era la trasuta posteriori.

Il negozianti lo portò propio 'n funno al cammarone e si firmò davanti a 'na vitrina chiusa a chiavi. La raprì, dintra ci stavano 'na cinquantina di buttiglie di vario tipo.

«Ccà ci sta il meglio della mè collezioni. Il travaglio di 'na vita».

Calogero accomenzò a vantari le qualità delle buttiglie parlanno di brut, demisec, millesimati, tappi di sughero o d'oro zecchino, di cave... ma il commissario che non ci accapiva nenti tagliò:

«Fai tu Calò, però ristamo dintra le cinquantamila».

Calogero lo taliò come se avissi davanti a un povirazzo, e po' pigliò 'n mano 'na buttiglia.

«Per cinquantamila liri l'acconsidirassi arrigalata».

Montalbano stinnì la mano per pigliari lo sciampagni, ma Calogero non glielo detti. Abbasciò la voci, si taliò torno torno e po' dissi:

«Io con vossia ci vorria parlari».

«Dimmi, Calò».

«Non ora. Pozzo viniri ad attrovarla verso le tri di doppopranzo a Marinella?».

«Vabbeni» fici Montalbano.

«Servi per rigalo?» addimannò Calogero mentri che niscivano dal darrè.

«No, servi pir mia».

«Alla saluti, allora» fici Calogero mentri che mittiva la buttiglia dintra a un sacchetto, la ridava al commissario e 'ntascava le cinquantamila, chiaramenti senza darigli lo scontrino. D'altronde aviva ditto che quella buttiglia a quel prezzo era da acconsidirarisi un rigalo!

Montalbano niscì dal nigozio, taliò l'etichetta dello sciampagni e non arriniscì manco ad accapiri da che paìsi proviniva.

Quanno che s'arricampò 'n commissariato, aviva la spranza che qualichicosa fusse capitata, macari qualichicosa di laido, ma 'nveci nenti. Nenti di nenti. Catarella si nni stava nel sò sgabuzzino a fari le parole 'ncrociati, Mimì passava tempo con un solitario e Fazio, tanto per non sbagliari, stava liggenno la Gazzetta Ufficiali. Trasì nel sò ufficio e vitti che non ci stava manco il montarozzo di carti da firmari.

Niscì, si rifici tutto il corridoio, nelle varie càmmare i picciotti si nni stavano mezzi addrummisciuti: uno coi pedi alla miricana, supra al tavolino, 'n autro ascutava la radio, dù facivano 'na partita a scacchi. Forsi il doviri sò sarebbi stato quello di fari a tutti 'na cazziata sullenni, ma pirchì scassari i cabasisi se non ci stava nenti da fari?

Accussì si nni tornò nel sò ufficio e tutto 'nzemmula gli vinni a menti che 'n qualichi casciuni aviva mittuto, chissà quanti anni avanti, un foglio supra al quali ci stava scrivuto: *cose da fari quanno che non ho nenti da fari*. Cosi come: *cangiari banca, annari a rimittiri la luci nella tomba della mamma, studiari come farisi 'n orto a sulo nella parte darrè della casa indove che ci stava tanticchia di terra, riliggiri* I Fratelli Karamazov... svacantò tutti e quattro i casciuna della scrivania, senza arrinesciri ad attrovari il foglio. Allura si fici pirsuaso che non ci stava davero nenti da fari. Rimittì ogni cosa a posto e si nni niscì dal commissariato.

Addicidì di farisi 'na passiata al porto. Si nni ristò supra alla banchina a taliare la complicata manopira che faciva un vapori che battiva bannera olandisi. Accussì persi squasi un'orata e finalmenti gli parsi che fusse l'ora giusta, macari se tanticchia anticipata, per annari a mangiare.

«No, non aio gana d'antipasti. Dammi mezzo piatto di spachetti con le vongole».
«Mezzo piatto?» fici sbalorduto l'oste. «Ma si senti bono?».
«Bono, bono, ma non aio pititto».
«Come voli vossia. E per secunno?».
«Portami dù triglie, ma dù di nummaro, m'arraccomanno».

Quanno che trasì 'n casa erano passate da picca le dù del doppopranzo. Misi la buttiglia di sciampagni in frigorifiro. Faciva troppo càvudo. Lassò le finestre tutte 'nsirrate per non fare trasire la vampa. Senza sapiri chiffari, s'assittò davanti alla tilevisioni, l'addrumò e subito qualichiduno gli sparò 'n facci. Accapì 'mmidiato che s'attrattava di un film di 007 e a spararigli era stato propio Roger Moore. Il commissario non ebbi tempo d'addrumarisi 'na sicaretta che l'agenti 007 già si nni stava scappanno in un sommergibili che scompariva tutto 'ntero dintra a 'n iceberg. Maria che miricanate! Quanno che era trasuto 'n polizia aviva 'mmaginato che la sò carrera l'avrebbi portato sì a fari cosi avventurose ma mai la sò fantasia era arrivata a tanto. E ora, quarantino, a pinsare che 'na jornata di sparatine e assicutamenti dovissi finiri in smoking con una biunna tra le vrazza si sintiva malo. Sonaro alla porta. Taliò il ralogio. Erano le tri meno deci. Doviva essiri Calogero.

Il càvudo aviva 'mpiduto a Calogero di travistirisi, e dunqui s'apprisintò al commissario in canottera e giacchetta.

«Pozzo offririti un cafè?» fici Montalbano 'nvitannolo ad accomidarisi 'n càmmara di mangiari.

«Grazii sì» arrispunnì Calogero taliannosi torno torno 'mparpagliato pirchì non sapiva indove accomidarisi dato che le otto seggie erano tutte occupate da libri, posati, tazzine, cammise. Montalbano nni svacantò dù e lo fici assittare. La cafittera era già pronta e quindi il commissario addrumò il foco e annò a mittirisi allato a Calogero.

«È da stamatina che ti vio 'nfusco, che ti capitò? Che mi vuoi diri?».

«Allora commissario, lei lo sa qual è la vera piaga di questo paese?».

A Montalbano vinni d'arrispunniri «'u traficu» come nel film di Johnny Stecchino, ma po' accapì che non era il caso di babbiare.

«Vai avanti, Calò».

«Allora, io sono stato sempre in regola. Ho pagato i fornitori e ho corrisposto a chi di dovere tutto quello che domandavano per la mia attività, come tutti i miei colleghi, e infatti devo dire che problemi, fino ad oggi, non ne ho mai avuti».

«In autre paroli mi stai dicenno che hai sempri pagato il pizzo?».

«Sì, certo. E devo dire che non era manco tanto caro».

«E quindi?».

«Quest'anno, siccome che avevo un contenzioso per le tasse e l'ho perso, ho dovuto tirare fuori un sacco di soldi. Commissario, io quello che guadagno guadagno, non aio possibilità di mittiri nenti da parti, non aio pensioni e aio macari le scadenzi dell'assicurazioni supra alla putìa e quella della banca. Non pozzo pagare 'n contemporania le tassi e 'u pizzu. 'Na vota uno e 'na vota l'autro».

Il raggiunamento non faciva 'na piega.

Due

Montalbano si susì, annò 'n cucina, virsò il cafè in dù tazzine e tornò da Calogero.

«E allora?» fici.

«E allora per stavota fui costretto a pagari lo Stato. Tintai di spiegari all'autra parti che si trattava di 'n'eccezioni, che era sulamenti per chista vota. Ma nenti, non hanno voluto sintiri raggiuni e 'nfatti...».

'Nfilò 'na mano 'n sacchetta, ne tirò fora 'na littra.

Montalbano la pigliò, raprì la busta, dintra ci stava un foglio non firmato che portava la data del jorno avanti e c'era scrivuto:

A partiri dalle sidici di oggi, hai vintiquattruri di tempu per fari il doviri tò. Masannò addiu alla putìa.

Montalbano gli riconsignò la littra.

«E tu che hai pensato di fari?».

«Commissario, aio picca di pinsari. Io, da omo libbiro ho sempri prifiruto chi mi dava cchiù garanzie. Ora però, piccioli non ne ho e la banca non mi volli fare autri prestiti. A 'sto punto mi tocca rimittirimi alla justizia, e quindi a vossia».

«Che vuoi dire, Calò?».

«Voglio la protezione che la giustizia mi deve. Ho pagato lo Stato e lui mi deve tutelare. Alla tilevisioni dicino sempri di addenunziare 'sti cosi. Ed eccomi qua. Se vossia mi garantisce che il mio negozio resta com'è io gli darò il nomi, u 'ndirizzo e il nummaro di tilefono e macari la foto di chi ha scrivuto 'sto pizzino».

Si susì, pruì la mano al commissario:

«Quindi m'affido 'nteramenti a vossia e ora sentissi bono a mia. Chista è genti che quanno dici 'na cosa la fa».

Calogero si pigliò 'na pausa longa e po' addiriggennosi verso la trasuta dissi:

«Ora mi nni vaio che devo rapriri il negozio. Grazii ancora per il cafè».

A malgrado che nel pizzino ci fusse scrivuto che Calogero aviva vintiquattr'ure Montalbano se la pigliò tanticchia commoda pirchì di sicuro se quelli volivano portari danno al negozio, avrebbiro dovuto agiri di notti usanno metodi tradizionali: o mittenno 'na bumma davanti alla saracinesca opuro danno foco al locali con 'na tanica di benzina. Di mittiri 'na guardia davanti al negozio manco a parlarinni, quelli di sicuro si nni sarebbiro addunati.

Stabilì perciò che qualisisiasi cosa avrebbi strumentiato di fari, non potiva mittirla 'n atto prima delle deci di sira. E comunqui sia, sulo doppo aviri brindato al tilefono con Livia.

Perciò s'assittò davanti al tilevisori e accomenzò ad arriflittiri.

In primisi ripinsò alle paroli di Calogero. Non s'arricordava quali scrittori tanto tempo passato aviva affirmato che i siciliani si vinivano ad attrovari tra l'incudini e il martello. Un'incudini legali che rapprisintava lo Stato e un martello illegali che rapprisintava la mafia. E doppo tant'anni la situazioni non era per nenti cangiata.

Calogero 'n qualichi modo lo aviva sfidato e lui, lo Stato, doviva assolutamenti vinciri la sfida, ridannogli fiducia.

Doppo cinco minuti si susì, annò al tilefono e chiamò ad Adelina.

«Adelì, tò figlio Pasqualino è libbiro o è 'mpiduto?».

«Nonsi, momintaniamenti libbiro è, dottori».

«Lo potresti rintracciare?».

«Non nni aio di bisogno, dottori, ccà è».

«E allura fammici parlari».

«All'ordini» fici Pasqualino.

«Pasqualì, potresti farimi 'u favuri di viniri ccà nni mia a Marinella verso le setti di stasira?».

«Non c'è problema, dottori».

Riattaccò, si riassittò di novo. Si sintiva tanticchia assunnacchiato, allura catammari catammari annò a pripararisi 'n'autra cicaronata di cafè per aviri il ciriveddro aggevoli.

Si nni scolò la mità e si riassittò. Ci misi picca e nenti per arrivari ad attrovari il sistema per evitari la distruzioni del nigozio di Calogero.

La soluzioni gli era vinuta a menti quanno che aviva addiciso di tilefonari a Pasqualino: s'attrattava di trasire ammucciuni dalla porticeddra di darrè verso le unnici senza farisi vidiri da nisciuno e 'na vota ddrà dintra, con il revorbaro a portata di mano, aspittari con santa pacienza che qualichicosa di malo capitassi.

Ecco, era stato tanto a picchiari che non succidiva nenti e ora gli s'apprisintava 'na cosa digna di 'na pillicula di James Bond!

'N cangio avrebbi addimannato a Calogero il nomi di quello che aviva scrivuto il pizzino.

Squillò il tilefono. Era Livia.

«Hai preso lo champagne? Dimmi la marca».

Montalbano annò a rapriri il frigorifiro, pigliò la buttiglia e se la portò appresso. Le dissi littra per littra il nomi che liggiva sull'etichetta e Livia pigliò nota.

«Benissimo» dissi.

Ritilefonò doppo tanticchia, il tono di voci era stracangiato.

«Ma dove cavolo l'hai trovata questa bottiglia?

Sono qui in vineria e mi dicono che non esiste uno champagne simile in tutto il nord-ovest...».

Calogero aviva esagirato.

«Va bene, va bene, prendine uno che ti piace e siamo a posto».

«A che ora brindiamo?».

«Alle otto e mezzo precise. Ti chiamo io».

Pasqualino fu puntualissimo.

«Avi bisogno di cosa?».

«Sì Pasqualì, aio bisogno di un favori grosso».

«Sugno a disposizioni».

«Tu l'accanosci la putìa di vini di Calogero Pirrotta?».

«Certamenti».

«Lo sai che avi 'na porticeddra di darrè?».

«'Nca certo!».

«A mezzannotti me la fai attovari rapruta in maniera che io traso con un ammuttuni?».

«E che problema c'è! Avi autri cumanni?».

«No, t'arringrazio».

«Doviri».

Pasqualino niscì e Montalbano s'assittò, addrumò la tilevisioni, aspittò il signali orario delle otto e si sintì il tilejornali.

Vinni assugliato da 'na quantità di male notizie, prifirì cangiari canali.

Quanno che fu l'ora annò a rapriri il frigorifiro, si pigliò un calici e si portò il tilefono con la prolunga sulla verandina.

Livia arrispunnì al primo squillo.

«Amore!».

«Sei pronta per stappare?».

«Prontissima!».

«Facciamo il botto in contemporanea: uno... due... tre!».

Sintì attraverso il microfono il rumore attutito della buttiglia stappata.

«Ora riempiamo i bicchieri: uno... due... tre!».

«Fatto» dissi Livia.

Montalbano isò il calici.

«Alla casa e a noi due!».

«Alla casa e a noi due!» arripitì Livia.

Aviva raggiuni Calogero, non era semplici sciampagni, l'aviva pagato caro, chisto sì, ma pariva 'na speci di bivanda del paradiso, che dava facili alla testa. Senza dirlo a Livia si nni virsò un secunno calici e se lo vippi tutto d'un colpo.

«Com'è il tuo?».

«Ottimo» fici Livia. «Mi sto riempiendo un altro bicchiere».

Stettiro al tilefono chiossà di un quarto d'ura bivenno e chiacchiarianno. Po' tutto 'nzemmula la comunicazioni si 'nterrompì. Era un finomeno che ogni vota faciva pirdiri la raggiuni a Montal-

67

bano. Alla momintania sospinsioni della linia lui si sintiva perso nell'universo e accomenzava a fari voci. Macari stavota si misi a gridari:

«Livia, Livia, ci sei ancora? Livia, parla!».

«Sì, ci sono» fici la voci di Livia 'mpastata «ma non credo che potrò starci a lungo. Guarda, io continuo a bere, tu pure e se ce la facciamo ci sentiamo più tardi. Ciao, auguri!».

«Auguri!» dissi Montalbano.

Con quello sciampagni se la scialò e tutto 'nzemmula, senza sapiri né come né pirchì, s'addunò che la buttiglia oramà era vacante.

Circò di isarisi ma le gamme non gli riggivano e s'arrinnì senza vrigogna. Autro che 007! Quello di buttiglie accussì si nni sarebbi vivuto quattro di seguito come se fussiro stati acqua frisca e po' sarebbi arrinisciuto macari a fari all'amuri!!!

Appresso, come Dio vosi si susì e accapì che aviva la nicissità di farisi passare la 'mbriacatura, perciò si livò la cammisa e la canottera e annò 'n cucina a 'nfilarisi la testa sutta al cannolo.

Doppo deci minuti d'acqua frisca supra al ciriveddro si sintì tanticchia meglio. Ancora mezzo strammato si priparò 'n'autra cicaronata di cafè forti. Se la vippi e s'assittò.

Dintra alla sò panza intanto era accomenzato un cummattimento tra lo sciampagni e il cafè.

Sicuramenti dovitti vinciri lo sciampagni pirchì

di colpo gli occhi gli si chiuiero e s'attrovò sprofunnato nel sonno.

Quanno s'arrisbigliò taliò stintivamenti il ralogio. Minchia, erano già le unnici!

Ma ancora sintiva di aviri il ciriveddro tanticchia appannato eppercìò si spogliò nudo e si annò a mittiri sutta alla doccia.

Quanno s'arrivistì si 'nfilò un maglioni a girocollo di cuttuni e un paro di pantalonazza. Aviva bisogno di non aviri 'mpaccio di giacchette e camurrie simili.

Per scrupolo di cuscenzia prima di nesciri acchiamò a Livia, ma il tilefono sonò a vacante. Si vidi che s'era 'mbriacata di laido.

Era pronto per nesciri, chiuì la casa e trasì 'n machina.

Per prima cosa raprì il cascioneddro del cruscotto, pigliò la pistola che d'abitudini tiniva ddrà dintra e se la misi 'n sacchetta.

Po' misi 'n moto e si nni partì per Vigàta.

Tre

La sirata non era bona, chioviva ad assuppaviddrano, vali a diri gocce niche niche ma 'nsistenti. Era un tempo tinto sì, però jocava a favuri del commissario, 'nfatti per le strate 'ncontrò a pochissime pirsone.

Arrivato davanti alla putìa di Calogero, prosecuì. Al primo vicolo girò a mano manca, girò ancora e si vinni ad attrovari propio davanti alla porticeddra del darrè. Non volli posteggiare nelle vicinanze perciò annò avanti per tanticchia, po' vitti un posto libbiro, parchiggiò e scinnì.

A vista d'occhio non c'era anima criata.

A passo rapito raggiungì la porticeddra, l'ammuttò, si raprì subito.

Trasì ringrazianno mentalmenti a Pasqualino e la chiuì alle sò spalli. Po' addrumò la lampatina tascabbili. La prima dimanna che si fici fu indove assistimarisi meglio per non essiri viduto da chi eventualmenti sarebbi trasuto.

Subito l'occhi gli cadèro supra a quel pezzo di tila, lo scostò e vitti che ammucciava 'na tuta da palummaro. Ecco l'idea alla James Bond! Si livò il revorbaro dalla sacchetta e lo posò 'n terra. Si spogliò ristanno 'n mutanne e canottera. Con un càvucio mannò i sò abiti a finiri sutta a una vitrina. Po' accomenzò a 'nfilarisi i pantaloni della tuta. Gli stavano bono però il giacconi era tanticchia stritto. Dalla manica destra svitò l'arpioni in manera che potissi tirari fora la mano, gli vinni facili.

Ristava però un problema: mittirisi 'n testa lo scafandro a chiusura ermetica opuro no? Pinsò di rimannari, se lo sarebbi 'nfilato appena avissi sintuto una qualichi rumorata suspetta. La pistola se la assistimò dintra alla cintura del giacconi.

Fu a 'sto punto che s'addunò quanto era riddicolo vistuto a mezzo da palummaro con le scarpi di virnici nìvura. S'assittò supra a 'no sgabello che c'era nelle vicinanze, si livò le scarpi, agguantò uno dei dù scarponi da palummaro e nel pigliarlo s'addunò che pisava minimo minimo 'na vintina di chila. Se lo misi e lo stisso fici con l'autro.

Quanno si isò addritta, accapì di non potiri cataminarisi se non facenno 'no sforzo trimenno, in realtà gli scarponi da palummaro parivano fatti di cimento che lo 'nchiovavano al pavimento. No, non gli avrebbiro consentuto il minimo movimento. Allura si li livò e addicidì di non rimittirisi le scarpi di virnici. Sarebbi ristato 'n quasette.

Si portò lo sgabello darrè alla tinnina di tila, la tirò e si misi ad aspittari con santa pacienza e con il revorbaro a portata di mano.

Era da un pezzo che si nni stava accussì quanno sintì 'na liggera rumorata luntana che viniva propio dalla parti della saracinesca della putìa.
Che fari?
Aspittare che quello trasiva opuro annarici 'ncontro?
Po' s'arricordò che era vistuto da palummaro eppercio si misi addritta aspittanno quello che potiva capitare.
Doppo tanticchia la rumorata finì.
Po' sintì un sòno: 'na speci di friscaletto che faciva sonatine brevi brevi, acutissime. Pinsò che non si doviva trattari di qualichiduno pirchì era notorio che i mafiusi con la musica non ci appattavano.
Doppo ancora tanticchia qualichicosa rutuliò supra al pavimento. Allura ebbi 'n'illuminazioni. Non dovivano essiri òmini ma surci e ci nni dovivano stari assà assà e tutti torno torno a lui.
Si rimisi novamenti assittato con l'oricchi tisi ma picca appresso l'occhi ci accomenzaro a fari pampineddra. Gli capitava ogni vota che faciva un appostamento. A un certo punto partiva 'na speci di guerra tra lui e il sonno. Tiniri l'occhi rapru-

ti gli costava sempri cchiù fatica. Stava per appinnicarisi e non ci potiva fari nenti. Si susì dalla seggia. Stanno addritta forsi la botta di sonno gli sarebbi passata.

E fu propio in quel momento che sintì con chiarezza assoluta che qualichiduno aviva rapruto la porta di darrè.

'Nfatti nni ebbi confirma dalla lama di luci splapita che trasì dai lampioni della strata. La porticeddra vinni rinsirrata mentre che lui si nni stava 'mmobili addritta in mezzo alla càmmara non sapenno che fare.

In quel priciso momento la pirsona che era trasuta addrumò 'na lampatina tascabbili e doppo picca 'na voci suffucata e scantata murmuriò:

«Gesù! Un fantasima!».

Subito appresso Montalbano sintì la rumorata d'un corpo che cadiva 'n terra.

La lampatina tascabbili s'astutò, allura il commissario addrumò la sò e vitti 'na sagoma stinnicchiata sul pavimento a picca distanzia da lui.

Alla luci della pila s'addunò che s'attrattava di Pasqualino sbinuto per lo scanto. Gli si accostò, s'agginucchiò allato a lui, gli detti dù timpulatine sulle guance.

«Pasqualì, io sugno, Montalbano» gli sussurrò.

Stavano facenno un burdello, sicuro che Calogero si sarebbi arrisbigliato e la facenna finuta a farsa.

Pasqualino raprì l'occhi. Li sgriddrò.

«Ma che fa vistuto da fantasima?».

«Ma che fantasima, Pasqualì! Vistuto da palummaro sugno!» gli arrispunnì il commissario sempri parlanno a voci vascia.

Pasqualino strammò chiossà.

«E comu mai?».

«Ora non pozzo spiegari. Dimmi chiuttosto tu pirchì trasisti?».

«Dottore è da chiossà di 'n'orata che vossia si nni sta ccà dintra, io mi pigliai di preoccupazioni e volli viniri a vidiri che succidiva».

«Non c'è nenti di preoccuparisi. Ora fammi il santissimo piaciri di ghiritinni».

«Come voli vossia».

Pasqualino faticanno si rimisi addritta e niscenno dissi:

«Io comunqui l'aspetto ccà fora».

«Fai quello che vuoi».

La lama di luci ricomparì e spirì. Signo che Pasqualino si nni era ghiuto.

Ora l'unica era quella di tornarisi ad assittare darrè alla tendina. Va' a sapiri pirchì addicidì di caminarisi senza l'aiuto della pila. Procidì tanticchia all'urbigna e po' capitò un disastro: il sò pedi mancino urtò contro la scarpa di cimento da palummaro. Persi l'equilibrio. Nel tentativo di non cadiri s'aggrappò alla tendina. Quella si staccò e lui continuò ad appricipitari 'n avanti e a 'sto punto la mano dritta urtò contro lo scafandro e lo fici cadiri dal chiovo su cui stava appizzato. Lo scafandro non sulo cadì 'n terra con una rumorata da bumma ma po' si misi a rutuliari per tutta la càmmara fino a quanno annò a sbattiri contro a un muro. A 'sto punto Montalbano addrumò la pila e la tinni direzionata alla scala di ligno che portava verso il piano di supra. Era certo che Calogero si era arrisbigliato con tutta quella gran battaria e da lì a picca sarebbi arrivato macari armato per viniri a vidiri che stava capitanno nel retrobottega.

'Nveci non comparsi nisciuno.

Ma come era possibili che Calogero non si era arrisbigliato?

Che fusse 'n casa ne era cchiù che sicuro pirchì doppo la minazza arricevuta non potiva abbannunari la putìa.

Possibili che avissi un sonno così chiummigno?

C'era qualichicosa che non quatrava, ma non sapiva quali. Tutto 'nzemmula si sintì riddicolo per come stava cumminato epperciò addicidì di livarisi la tuta e di rimittirisi i vistita sò.

Annò a circarisi 'na seggia cchiù commoda e ci si assistimò. Fu accussì che tornò il cummattimento tra l'occhi a pampineddra e la volontà di ristari viglianti. Macari stavota vincero l'occhi a pampineddra.

«Tanto» si dissi «alla minima rumorata m'arrisbiglio».

E fu accussì che doppo manco cinco minuti s'addrummiscì.

La prima cosa che vitti raprenno l'occhi fu la luci che trasiva da 'na finestreddra nica nica allato alla porta.

Taliò il ralogio. Erano le sei e mezzo del matino.

A chist'ura c'era troppa genti strata strata pirchì qualichiduno tintassi di forzari una trasuta nel negozio. Non sulo, ma dalle prime rumorate che sintì viniri dal piano di supra accapì che Calogero si era susuto, perciò si avvicinò alla porticeddra, la raprì quateloso, misi la facci fora, taliò a dritta e a mancina e squasi sbattì d'infacci a Pasqualino 'nfilato dintra a un portoni. Si taliaro. Montalbano gli fici 'nzinga di tilefonarigli cchiù tardi, Pasqualino calò la testa in signo d'assenso e si salutaro.

Il commissario stava per nesciri quanno vitti arrivari 'n'automobili, aspittò che passassi e po' annò fora, arrichiuì accurato la porta alle spalli e s'addiriggì a passo svelto verso la sò machina.

Arrivò a Marinella assillato dal dubbio sul pirchì e sul pircome Calogero non avissi sintuto nenti del gran burdello. Perciò addicidì di circari di capiri che potiva essiri capitato.

A malgrado sintissi il bisogno urgenti di farisi subito una doccia, pigliò il tilefono e chiamò a Calogero.

Arrispunnì al primo squillo.

«Montalbano sono. Che fici, t'arrisbigliai?».

«Nonsi dottori».

«Capitò cosa?».

«Nonsi dottori, però...».

«Però?» l'incitò Montalbano.

«Qualichiduno di sicuro stanotti trasì nella putìa».

«Pirchì dici accussì?».

«Pirchì, dottori, nel retrobottega ho attrovato tutto suttasupra. La tuta di palummaro era stinnicchiata sul pavimento, ci stavano puro sgabelli e seggie spostati. 'Nzumma sugno cchiù che sicuro che ficiro 'na speci di sopralloco».

«E tu non avvertisti nisciuna rumorata duranti la nuttata?».

«Nisciuna, dottori».

«Non toccare nenti. Tra un'orata vegno io».

Doppo la doccia e doppo dù gran cicaronate di cafè fu novamenti 'n condizioni di nesciri.

Non passò dal commissariato, annò direttamenti al nigozio di Calogero, il quali lo portò 'mmidiato nel darrè.

«Come te lo spieghi che non hanno mantinuto la promissa?».

«Dottori, non saccio che diri. Vossia però si può addunari da sulo che qualichiduno stanotti passò».

«Però la facenna del sopralloco mi pari 'na minchiata, Calò. Non ci nn'era di nicissità».

Calogero allargò le vrazza e ccà Montalbano gli addimannò 'na cosa che lo 'mparpagliò tanticchia.

«Calò, per favuri, me lo puoi fari un cafè? Stanotti non chiuii occhio. Aieri a sira m'abbuffai assà».

Quello sorridì. Col vrazzo sinistro gli 'ndicò la scala che portava di supra:

«S'accomidasse».

Quattro

Montalbano accomenzò ad acchianare secutato da Calogero.
La porta dell'appartamento di supra era fatta di un ligno liggero. Sicuramenti Calogero doviva aviri sintuto le rumorate notturne. Non sulo, ma la sò cammara di dormiri viniva ad attrovarisi propio supra al darrè della putìa. Era cchiù che pirsuaso che gli stava contanno 'na farfantaria quanno diciva di non aviri sintuto nenti. Comunqui sia il cafè che gli priparò era propio bono.

«Penso» dissi Calogero salutannolo «che il pricolo sia passato. Va' a sapiri pirchì devono aviri cangiato idea. E quindi mi dispiaci d'avirlo scomidato per nenti».

«Calò, sei sicuro che hanno cangiato idea?».

«Sicurissimo, dottori».

«E se si rifanno vivi?».

«E se si rifanno vivi io a vossia chiamo, allo Stato!».

Appena che trasì 'n commissariato, Catarella lo firmò:

«Dottori, ci sarebbi che c'è supra la linia a Pasqualino, il figlio mascolo della sò cammarera».

«Passamillo».

«Che facemo dottò, parlamo pir tilefono o vegno di pirsona?».

Quanno s'apprisintò, vinti minuti appresso, Montalbano se lo porto al cafè d'infacci al commissariato. Si vippiro 'nzemmula dù cafè. Montalbano gli dissi quello che doviva dirigli, si salutaro e ognuno si nni annò per i fatti sò.

La matinata la passò nel modo peggiori. Ebbi la sorprisa di trovari supra alla sò scrivania un centinaro di carti da firmari, una cchiù 'nutili dell'autra. Epperciò appena si fici l'ura di mangiari si nni scappò dall'ufficio e s'apprecipitò al solito ristoranti. L'oste lo taliò strammato:

«Troppo presto vinni, dottori».

«Non importa, portami 'na poco d'antipasti accussì ti dugno tutto il tempo che ti servi per priparari bono».

Va' a sapiri pirchì la nottata persa gli aviva fatto smorcari un gran pititto. Mangiò a lento godennosi ogni muccuni squasi a volirisi rifari del mancato riposo. Cosicché la passiata al molo gli pigliò cchiù tempo del solito. Assittato supra allo scoglio chiatto si misi a raggiunari.

Non era possibili che Calogero non avissi sintuto la rumorata della notti passata, e non era possibili che uno che sa che gli vonno abbrusciari il negozio si nni resta a letto mentri senti che qualichiduno sta tripistianno nella càmmara di sutta. Si sarebbi dovuto apprisintari con una pistola 'n mano opuro avrebbi dovuto chiamari di cursa la polizia.

Calogero non aviva fatto nenti di tutto chisto.

Si era scantato di 'na rapprisaglia?

Pinsava che quelli lo avrebbiro potuto abbrusciari vivo con tutto il nigozio?

Erano dimanne che non attrovavano risposta. Anzi, 'na risposta gli era firriata per la testa, ma per avirinni la confirma abbisognava aspittare.

Forsi ancora vintiquattr'ure.

A passo lento si nni tornò 'n commissariato.

Macari il doppopranzo fu 'na gran camurria di firme e controfirme. Come Dio vosi, la tortura finì verso le otto di sira. A portarisi tutte le carti che aviva firmato non abbastò un viaggio sulo di Catarella, nni dovitti fari tri o quattro.

Quanno finalmenti si nni tornò a Marinella, sintì il bisogno di livarisi il feto della burocrazia, epperciò si spogliò nudo e si nni annò a fari 'na doccia longa. Po' gli parsi di sintiri lo squillo del tilefono, allura vagnato com'era, annò ad arrispunniri. Era Livia.

«Come stai?».

«Io sto benissimo Livia e tu?».

«Ti devo confessare che ieri ho preso una sbronza colossale. Però ne ho ancora voglia, nella bottiglia mi è rimasto un dito di champagne. Mi fai compagnia?...».

Montalbano pinsò che la sò buttiglia l'aveva ghittata nella munnizza.

«Certamente» dissi versannosi un po' di whisky.

Ficiro un secunno brinnisi alla casa.

L'ultima cosa che s'arricordò era di aviri addrumato la tilevisioni.

S'arrisbigliò che erano le sei del matino e si sintiva tutti l'ossa che gli facivano malo. Allura annò vistuto com'era a stinnicchiarisi supra al letto. Stetti accussì, 'ntrunato un'orata, po' finalmenti le forzi gli tornaro e arriniscì a susirisi e annari 'n bagno.

Stava per nesciri dalla casa, diriggennosi 'n commissariato quanno il tilefono squillò.

«Ah dottori, dottori! Ah dottori, dottori! Che fici, l'arrisbigliai?».

«No. Dimmi».

«Dottori, la putìa di vino di Santo Calogero pigliò foco nelle matinate. Ci sunno i pompera».

«Arrivo subito» fici il commissario.

E chista era la confirma di quello che aviva sospittato.

Quanno arrivò 'n loco i pomperi avivano astutato l'incendio. Il foco aviva distrutto la mità di darrè del negozio e aviva completamenti abbrusciato la scala che portava al piano di supra.
Calogero si nni stava assittato supra a una seggia nel marciapedi d'infacci al negozio. Montalbano lo attrovò che chiangiva tinennosi la testa tra le mano.
Il commissario lo salutò stringennogli 'na spaddra e po' annò a parlare con il capo dei pomperi.
«L'incendio è sicuramente doloso. La serratura della porticina di ferro è stata chiaramente forzata» dissi il cumannanti. «Inoltre all'interno abbiamo trovato perfino due taniche di benzina mezze arse dal fuoco».
«Grazie» fici Montalbano.
Ripassò davanti a Calogero.
«Mi conti comu fu?».
«Dottori, non saccio che dirici. Stamatina verso le cinco, m'arrisbigliai per il fumo, fici per scinniri nella scaletta ma non c'era cchiù. S'era tutta abbrusciata! A momenti mi rompivo l'osso del coddro! Meno mali che i pomperi sunno arrivati subito masannò finiva macari io arrostuto! 'Sti grannissimi cornuti tinniro fidi a quello che mi avi-

vano scrivuto, sulo che lo ficiro con vintiquattro ure di ritardo!».

«Ma tu parivatu pirsuaso che il pricolo era passato!».

«Dottore, che vuole che ci dico. Mi sbagliai».

«Senti, Calò, appena che 'u burdello è finuto t'aspetto 'n commissariato».

«Come voli vossia».

Quanno che arrivò in ufficio chiamò a Pasqualino.

«Pasqualì, Montalbano sugno. M'hai a diri cosa?».

«'Nca certu!» fici quello. «Arrivo di cursa».

Po' chiamò Catarella e gli dissi che appena arrivava Pasqualino lo doviva fari viniri nel sò ufficio e che da quel momento in po' non gli avrebbi dovuto passari tilefonate né fari trasire a nisciuno.

Pasqualino chiuì accuratamenti la porta. Po' s'assittò, taliò a Montalbano e sorridì.

«Porto carrico» dissi.

«Me l'imaginavo» fici il commissario. «Cuntami».

«Io m'appostai dintra a un portoni che ristava raputo macari la notti dal quali potiva vidiri la porta di ferro della putìa di Calogero. Non capitò nenti, dottori, fino alle tri di stamatina quanno che qualichiduno raprì la porticeddra di darrè dall'interno della putìa. Non vitti, dottori, la facci di chi era. Vitti sulo dù mano che travagliavano nella sirratura della porticeddra. Quanno po' che la porta si richiuì aspittai 'na mizzorata e po' annai a controllari. La sirratura era stata scassata dall'esterno e quindi bastava un ammuttuni per raprirla».

«Parlamu chiaro» dissi Montalbano. «Mi stai dicenno che qualichiduno da dintra la putìa fici finta che la sirratura esterna pariva scassata?».

«Esattamenti, dottori. Ma non saccio diri chi fu».

«E chi vuoi che era? Calogero!».

«Dottori, io chisto non ce lo pozzo giurari».

«Però quello che m'hai detto m'abbasta. T'arringrazio».

«Doviri».

«Calò, io però non capisco pirchì hai circato di pigliarimi per fissa. Hai lassato macari le taniche dintra la putìa...».

«Dottore, non saccio che diri» fici l'omo allarganno le vrazza.

«E allura arrispunni alle mè dimanne: pirchì mi contasti tutte quelle farfantarie sulla mafia, sullo Stato che ti doviva protiggiri...».

«Eh no, mi scusassi, ma quelle non erano farfantarie. Io davero ci cridiva. E po' accapii che coi mè soldi i politici si facivano gli affari sò, allura pinsai che era meglio pagari la mafia. Sunno anni che aio la putìa, ho tintato sempri di fari bono il mè travaglio, sciglienno i vini migliori, macari della nostra isola, facenno prezzi bona, il ricarico minimo, e mai 'na soddisfazioni. La maggior parti del mè guadagno si nni è finuta 'n sacchetta allo Stato o alla mafia. L'anno passato vinni 'n assicuratore e mentri che mi parlava ebbi 'n'illuminazioni. Era l'unica soluzioni che mi ristava per aviri 'na pensioni: abbrusciari il mè negozio» dissi Calogero con un filo di voci.

Po' la sò facci si strancangiò.

«E secunno vossia io ero contento di dari foco al travaglio di 'na vita? A vidiri arriduciuta a cinniri tutta la mè esistenzia?».

Montalbano pinsò che lo Stato era assenti, la mafia 'nveci era stata troppo prisenti.

Calogero ripigliò a parlari.

«Dottori, m'avi a cridiri. Non era quello che voliva fari. Non ho avuto scelta. Alla fini pinsai che fari cadiri la culpa supra alla mafia sarebbi stata l'unica soluzioni. 'Na sorta di risarcimento per essiri nasciuto in 'st'isola di merda».

Calogero s'asciucò il sudori supra alla facci.

«E ora che devo fare, mi metti in galera?».

Montalbano lo taliò fisso nell'occhi e dissi:

«Sì».

«Io cridia che nni vossia attrovavo cchiù comprensioni».

«Ed è proprio chisto che sto facenno. Ora tilefono al pm e gli cunto la verità dei fatti».

«Alla facci della comprensioni!» dissi amaro Calogero.

«Calò, raggiuna 'n attimo. Tu vuoi che la mafia si nni stia bona e tranquilla doppo che tu l'hai addenunziata per un reato che non ha commesso? No Calò, la mafia reagirà e stavota rifacennosi direttamenti supra di tia. Lo capisci quello che ti sto dicenno?».

Calogero fici 'nzinga di sì con la testa.

«Calò, io ti manno 'n galera e tu mi devi diri grazii».

«Fino a 'sto punto no».

«Ma non lo capisci che accussì ti salvo la vita?».

Calogero non dissi cchiù nenti.

La finestra sul cortile

Uno

«Il signor questore l'aspetta. La introduco subito» disse a Montalbano il capo di gabinetto Lattes e proseguì: «Tutto bene in famiglia?».
Quello s'era amminchiato, da anni e anni, che Montalbano era maritato e patre di figli. Lui, le prime volte, aviva circato di dirgli che non sulo non aviva né mogliere né figli, ma che era macari orfano di patre e di matre.
Non c'era stato verso. Ogni volta la stissa dimanna. E un bel jorno il commissario s'era arrinnuto e gli aviva risposto che a casa, ringrazianno la Madonna, godivano tutti di bona saluti. L'aggiunta del ringrazio alla Madonna ce l'aviva mittuta pirchì era un modo consueto di diri di Lattes e aviva pinsato che la cosa gli potiva fare piaciri.
E quindi macari stavolta la risposta fu quella di sempri:
«Tutti bene, ringraziando la Madonna».
L'altro però lo taliò tanticchia dubitoso.
«Che c'è, Montalbano?».

«Perché?».

«Ma non so, ho sentito nella sua voce come un...».

Certo che aveva sintuto qualichi cosa nella sò voci. Era arragatata, squasi da raffreddori, pirchì aviva passato mezza nuttata assittato supra la verandina della sò casa di Marinella a sbacantarisi tri quarti di una buttiglia di whisky nella spiranza che gli calava il sonno. Ma non potiva diri a Lattes la virità.

«Ci ha indovinato. Lei è molto perspicace. Sono un pochino preoccupato».

«Di che?».

«Il mio più piccolo ha la rosolia».

E di subito si pintì d'aviri ditto una simili minchiata sullenne. In primisi, pirchì ora, con i vaccini, non c'era cchiù nisciun picciliddro che si pigliava la rosolia e in secundisi pirchì l'ultima volta gli aviva contato che il figlio cchiù nico stava dando la maturità.

Ma Lattes non ci fici caso.

«Non si preoccupi, tipica malattia infantile. Passerà, ringraziando la Madonna».

Tuppuliò alla porta dell'ufficio del questore, la raprì a mezzo, ci infilò la testa dintra, disse qualichi cosa, ritirò la testa, raprì del tutto la porta, si fici di lato per lassarlo passare.

«Si accomodi».

Aspittò che il commissario fosse trasuto e doppo gli chiuì la porta alle spalli.

«Buongiorno» salutò Montalbano.

Bonetti-Alderighi, il questore, gli fici un gesto con la mano senza isare l'occhi dalle carte che stava liggenno.

Quel gesto vago potiva aviri diverse interpretazioni. Potiva assignificari tanto «bongiorno» quanto «venga avanti»; tanto «resti lì» quanto «venga a sedersi»; tanto «mi fa piaciri vederla» quanto «vattela a pigliari in quel posto».

Optò di fari cinco passi e assittarsi nella seggia che c'era davanti alla scrivania.

Con Bonetti-Alderighi non si potiva proprio diri che annassero d'amuri e d'accordo. Ogni vota che viniva chiamato alla questura di Montelusa, per un verso o per l'altro sinni tornava a Vigàta col sangue amaro.

Mentri il questore continuava a leggiri le carte, Montalbano si spiò quali sbaglio potiva aviri fatto per essiri stato convocato di prima matina «urgintevolissimamenti», come gli aviva ditto Catarella. Si fici un esame di cuscenzia che manco in punto di morti e arrivò alla conclusioni che non aviva nenti di nenti da rimproverarsi.

Ma la conclusioni, invece di tranquillizzarlo, lo squietò. Non era possibile che uno fosse assolutamente 'nnuccenti. Almeno il piccato originale, quello doviva avercelo. E dunque macari lui aviva fatto un qualiche sbaglio del quale non si rinniva conto. Ma quali? Capì che se si mittiva a raggiunari sulla colpa e il piccato, capace che arrischiava di cadiri in un problema metafisico. Addecise che abbisognava obbligare il questore a parlari senza perdiri altro tempo. Tussiculiò forti. Bonetti-Alderighi finalmenti isò l'occhi e lo taliò come se non l'aviva mai viduto prima.

«Ah, è lei, Montalbano?».

«Agli ordini, signor questore».

«Volevo dirle che mi hanno telefonato da Roma. Dal Ministero. Lei è stato prescelto».

Montalbano, prima ancora di sapiri per che cosa era stato prescelto, si sintì arrizzari i capilli 'n testa. Pirchì era propio la stissa parola, prescelto, a farlo sudari friddo. Nella Bibbia, essiri prescelto viniva sempri a significari che prima o doppo morivi ammazzato in nome di Dio. Oggi come oggi, essiri prescelto non aviva cchiù questo significato letale, ma quanno 'na voci anonima ti diciva al tilefono: «Lei è stato prescelto...» era sempri o per truffarti come un picciliddro o per fariti spenniri 'na muntagna di soldi convincennoti ad accattare cose di cui non avivi nisciun bisogno.

«Per cosa?» arriniscì a spiare con un filo di voci.

«Per seguire un corso d'aggiornamento».

«Non sarebbe meglio farmi seguire un corso d'annottamento?».

Bonetti-Alderighi lo talìò 'mparpagliato.

«Che cavolo dice?».

«Ma signor questore, io ho cinquantasei anni! Tra qualche anno me ne devo andare in pensione! Che m'aggiornano a fare? Prescelgano qualcuno più picciotto di me».

«L'ho fatto presente a chi di dovere».

«Embè?».

«Vogliono lei. Non riesco a capire perché, ma pare che ci tengano molto. Il corso si terrà a Roma e durerà dieci giorni. Inizia il primo febbraio. Alle dieci e trenta di giovedì 1, al Ministero, si presenti al dottor Trevisan».

«E in commissariato chi resta?».

«Come chi resta? Il dottor Augello, no? O si ritiene così indispensabile che secondo lei sarebbe meglio chiudere il commissariato in attesa del suo ritorno? Vada, vada».

Sinni scinnì verso Vigàta con la testa china di pinseri uno cchiù nìvuro dell'altro. Che jorno era? Il trenta era! Eppercciò gli arristavano dù jorni scarsi prima della partenza. E come partiva? Col treno o con l'aereo? In treno avrebbi passato 'na nuttataz-

95

za ad arramazzarisi dintra a un letto scommodo e duro senza potiri pigliari sonno. Il dottor Trevisan di sicuro si sarebbe scantato a vidirisi presentare un catafero ambulante. E in aereo sarebbe stato pejo. Certo, avrebbe sparagnato tempo ma in compenso il nirbùso che gli faciva viniri il viaggiari a decimila metri d'altizza era, come risultato, l'equivalente priciso 'ntifico di 'na nuttata persa.

Appena misi pedi dintra al commissariato, Catarella si spiritò agitato:

«Ah dottori dottori! Ah dottori! Dù voti l'acchiamò il dottori Treppisano dal Ministerio di Roma! Dice che è cosa uggentevoli assà! Il nummaro internevole lassò! Che fazzo? L'acchiamo?».

Doviva essiri Trevisan.

«Chiamalo e passamelo in ufficio».

«Montalbano? Sono Trevisan, il questore le avrà comunicato che...».

«So tutto. Sarà lei il capo corso?».

«Io? No. Io sono il coordinatore. Capo corso sarà un egregio collega belga, Antonin Verdez. È un corso d'aggiornamento europeo, capisce? Ci sono francesi, spagnoli, tedeschi... tutti. Le telefono per farle, a nome di Verdez, una precisa richiesta. Porti con sé la felpa».

Strammò. E quanno mai aviva avuto 'na felpa? E quanno mai si era mittuta in vita sò 'na felpa? E a che potiva serviri 'na felpa a uno che faciva un corso d'aggiornamento per poliziotti?

«Sa» proseguì Trevisan «Verdez, che ama vivere all'aria aperta, intende farvi fare lunghe passeggiate di primo mattino».

"Ora mi sparo a un pedi e po' dico che m'è scasciata la pistola mentre la puliziavo" pinsò Montalbano.

Quella era l'unica soluzione possibile, non ne vidiva altre. Si sintiva annichiluto. Lui la matina presto semmai natava, non sinni annava boschi boschi come un fauno con la felpa 'nzemmula a tedeschi, francisi, greci, spagnoli... E po' sarebbiro stati sicuramenti tutti cchiù picciotti di lui e quindi, doppo dù orate di corsa campestre, avrebbiro dovuto rianimarlo con la respirazione bocca a bocca inveci d'ascutare quello che diciva quel mallitto di Verdez.

«Allora l'aspetto giorno 1, d'accordo? Un attimo che le passo un amico».

«Montalbano? Sono Gianni Viola, come stai? Sono contento di sentirti».

Gianni! Avivano fatto 'nzemmula il corso nella P.S. ed erano addivintati amici. Ogni tanto si telefonavano. Beh, se c'era macari Gianni nel corso, le cose cangiavano tanticchia.

«Partecipi pure tu al corso?» gli spiò.

«No, io purtroppo non ci sarò. Devo andare fuori Roma per una quindicina di giorni».

«Ah» fici Montalbano sdilluso. E po' addimannò: «Senti Gianni, potresti consigliarmi un albergo che...».

«Guarda che è previsto che dormite in alloggi assegnati dal Ministero».

E chisto sulo ci ammancava! Macari li facivano dormiri a tutti in una camerata e la matina all'alba l'arrisbigliavano con la trumma!

«Ma se vuoi» proseguì Gianni «puoi andare a dormire a casa mia».

«Porti con te tua moglie?».

«Quale moglie? Sono scapolo. L'appartamento è piccolo, ma comodo. Lascio le chiavi a Trevisan. È in via Oslavia. Nei paraggi ci sono ristoranti ottimi. Vedrai, ti ci troverai benissimo».

Alla trattoria da Enzo arrivò con una facci da dù novembiro. Tanto che appena che lo vitti comparire, Enzo s'appagnò.

«Che fu, dottore? Successe cosa?».

Arrispunnì murmurianno:

«Rotture di cabasisi, Enzo».

«Dottore, haiu 'na pasta al nìvuro di siccia che fa arrisbigliare i morti».

«Portamela, vediamo se è capace di fari arrisbigliare macari a mia».

«Ma vossia sino a prova contraria non è morto».

«Picca ci manca» fici Montalbano pinsanno a come si sarebbe sintuto doppo 'na longa passiata mattutina agli ordini di Verdez.

Alla prima furchittata di pasta, capì che non sarebbe arrinisciuto a mangiarisilla. Si sintiva la vucca dello stomaco stringiuta da un pugno di ferro, non ci sarebbe potuta passare 'na spingula.

«Che fa, non le piace?» gli spiò Enzo a mità tra lo sdilluso e il minazzoso.

«Mi piace, ma non ho pititto».

«Allura veramente morto è» fu il commento di Enzo.

Niscì dalla trattoria senza aviri mangiato nenti. Eppercciò non c'era nicissità della solita passiata digestiva e meditativa fino alla punta del molo. Sinni tornò in ufficio. Catarella s'appreoccupò a vidirisillo davanti doppo manco mezz'ora che era nisciuto.

«Dottori, ma ci andò a mangiare?».

«Certo».

«E como fici a fari accussì di prescia?».

«Mi sono fatto mettere tutto in un unico piatto, la pasta al nìvuro di siccia, tre triglie fritte, un bicchiere di vino, uno d'acqua e il cafè».

Catarella fici 'na facci strammata e scuncirtata.

«Tutto l'insieme insiemato?».

«Certo. Tanto nella panza tutto l'insieme non si insiema?».

Catarella lo taliò ammammaloccuto e non replicò.

Doppo manco cinque minuti ch'era assittato trasì Fazio.

«Un tentativo d'omicidio ci fu. Ora ora telefonarono. Hanno sparato a un avvocato che si chiama Fillicò Cesare. Mentri sinni stava tornando alla sò casa. L'hanno pigliato a una spalla, è allo spitale di Montelusa. Viene?».

«Dove?».

«Io direi di cominciare interrogando l'avvocato».

«Va bene, vacci».

«E vossia?».

«Io che c'entro?».

«Come che c'entra? Vossia non è il dirigente di questo commissariato?».

«Fazio, m'ha chiamato il questore per dirmi che sono stato prescelto».

«A vossia?» spiò Fazio ammaravigliato.

Montalbano s'irritò. Pirchì tanta maraviglia? Che era, un rottame? 'Na pezza di pedi?

«Perché, secondo tia non sono digno di essere prescelto?».

«Ma certo, dottore, vossia è degnissimo. Ma a fare cosa?».

«A seguire un corso d'aggiornamento a Roma».

Fu allora che Fazio accapì il motivo del malumore di Montalbano. Lassare la casa di Marinella, non farisi la solita natata quanno che gli spirciava, non mangiarisi le triglie di Enzo... Pejo di 'na quaresima! Si susì.

«La facenna dell'avvocato la vado a dire al dottor Augello».

«Bravo, se ne occupi lui».

Passò il doppopranzo senza aviri né forza né gana di fari nenti.

A un certo momento non ce la fici cchiù, gli ammancava l'aria, niscì dal commissariato e sinni tornò a Marinella.

Arrivò che il soli principiava a tramontare. S'assittò sulla verandina. A ponente il cielo era tingiuto di un rosso-arancione che stingeva supra il mari. Per tanticchia i dù colori ristarono 'mpastati, po', via via che il soli calava, l'azzurro ripigliava il sopravvento. Si sintì tanticchia racconsolato, il nirbùso c'era sempre, ma era addivintato sopportabile. Annò in bagno, si spogliò, s'infilò il costume, dalla verandina scinnì supra la pilaja. La rina era ancora càvuda. Ma era 'ngannevoli, pirchì l'acqua del mari era fridda.

Doppo una decina di vrazzate, il malumore principiò a sbaporare. Quanno tornò a riva, avvirtì che la natata gli aviva fatto smorcare il pititto. Nel corto tragitto tra la riva e la verandina, il pititto si cangiò in vera e propia fame. Raprì speranzoso il frigorifero e ci attrovò un piatto funnuto che traboccava di caponatina. Ringraziò mentalmente

Adelina. Pani e caponata, il meglio mangiare. Doppo stetti a fumare assittato nella verandina. Non pinsava a nenti, taliava il colore del mari che cangiava mentre che la notti avanzava. Squillò il telefono. Si susì di malavoglia per annare a rispondere. Era Livia.

«Come stai?».

«Bene, proprio bene» arrispunnì. «È una serata magnifica. Vorrei che tu fossi qua con me».

«Salvo» fici Livia strammata dalle ultime inconsuete parole «ma ti senti veramente bene?».

«Sì. Il fatto è che stamattina mi ha chiamato il questore per dirmi che devo andare a Roma a seguire un corso d'aggiornamento e la cosa mi ha fatto diventare nervoso. Ma poi è passata».

«Lo credo bene! Per te andare a Roma è come andare sulle Alpi bavaresi!».

«A proposito, dov'è che si vendono le felpe?».

«Dovunque. Le trovi anche nei mercatini. Perché lo vuoi sapere?».

«Ne devo comprare una».

«Per chi?».

«Come per chi? Per me».

«Oddiooddiooddio!» fici Livia principianno a ridiri.

«Che ti piglia?».

«Non ti ci vedo con una felpa. Oddioddio! Saresti buffissimo!».

Montalbano principiò ad arraggiarsi.
«Perché, secondo te non ci ho il fisico?».
«Ma via, Salvo, basta che ti guardi allo specchio!».
Finì a sciarriatina sullenne.

Due

Addecise di partiri in aereo. Non se la sintiva di farisi tutte quelle ore di treno, stinnicchiato supra a un letto di centimetri 35x10 nel quali a ogni minimo movimento arrischiavi di catafotterti 'n terra. Appena susuto, annò all'agenzia per farisi il biglietto. Da Punta Raisi l'aereo partiva alle setti e mezza del matino e ti dovivi prisintari un'orata prima della partenza. Il che viniva a significari partirisi da Vigàta alle quattro e mezza del matino. Datosi che partiva per servizio e non per commodità sò, chiamò a Gallo e gli disse che lo doviva accompagnari.

«Quanto ci metti da qui a Punta Raisi?».

«Un'orata, dottore!».

«E senza curriri come a Indianapolis?».

«Un'orata e mezza».

«Allora domani a matino alle cinque mi vieni a pigliare a Marinella».

Mezz'ora di sonno guadagnata. Doppo un dù orate che stava in ufficio a firmare carte, trasì Fazio.

«Dottore, ora ora mi telefonò Mineo».

Era un compagno di corso, simpatico, che era vinuto ad attrovare ad Augello. Sinni era partuto per Roma quella matina stissa con l'aereo che il jorno appresso avrebbi dovuto pigliari Montalbano.

«Che voleva?».

«S'è scordato in casa di Augello 'na busta di fotografie. Dice se gliela può portare lei a Roma».

«Va bene, fattela dare da Augello... non è in ufficio?».

«Nonsi, ancora non è arrivato».

«Recuperate 'sta busta entro stasira che me la metto in valigia».

«Il dottor Mineo ancora scantato era».

«Pirchì?».

«Hanno avuto un viaggio laido assà. Dice che hanno incontrato vuoti d'aria che pariva sprufunnavano senza potiri cchiù risollevarsi».

Appena che Fazio fu nisciuto dalla càmmara, cominciò a considerari seriamente se era propio il caso di pigliari l'aereo. Capace che quella era stata 'na specie di prova ginirali per una caduta definitiva. Va' a sapiri come se la pensano gli aerei!

Niscì dal commissariato e annò nuovamenti all'agenzia.

«Vorrei cambiare questo biglietto» fici, pruiennolo alla picciotta graziosa che stava darrè al banco.

«Parte con un altro volo?».

«No, voglio andarci in treno».

«Allora io questo glielo rimborso, ma per fare un altro biglietto si rivolga alla mia collega».

Maria! Quant'era laida e 'ntipatica la picciotta che s'occupava dei biglietti dei treni! Le disse quello che addisidirava.

«Mi scusi, non ho capito bene. Ma lei quando deve essere a Roma?».

«Domani mattina al massimo alle 11».

«Allora sarebbe dovuto partire stasera col treno delle 20.30 da Palermo».

«Che significa sarebbe dovuto?».

«Quel treno è solo cuccette e vetture letto».

«Embè?».

«È tutto occupato».

«E io ora cosa faccio?».

«Doveva pensarci prima!» fici la 'ntipatica col tono di una profissoressa di scola che ti sta futtenno in matematica.

«Venga qui da me» gli disse 'na terza picciotta che si era pigliata di pietà.

Montalbano si spostò.

«Vogliamo provare se trovo una cabina?».

E perché no? Se non aviva scelta, partire col papore era l'unica.

Fu accussì che Gallo quella sira stissa lo portò alla banchina del porto di Palermo. Acchianò sulla navi, la gabina era nica e stritta ma passabile, mangiò discretamente al self-service, passiò per un'orata sul ponte, si annò a corcari, si misi a leggiri, po', a picca a picca, cullato dal mari, s'addrummiscì. A Napoli fici a tempo a pigliare il treno e alle deci e mezzo s'attrovò a Roma. Alle unnici e un quarto era al Ministero.

«Ha portato la felpa?» fu la prima dimanna che gli fici Trevisan.

A malgrado che faciva càvudo, Montalbano rabbrividì.

Passò tutta la santa jornata in un cammarone della Scuola di polizia indove Antonin Verdez, il belga capo corso, parlò senza firmarisi un momento dalle unnici del matino alle setti di sira, fatta cizzione di un'orata per mangiare (discretamente) alla mensa in una tavolata che era 'na riproduzione, in piccolo, della torre di Babele in quanto che si sintiva parlare in francisi, spagnolo, tedesco, 'nglisi, olandisi e macari in qualichi altra lingua che non accapì. Alle setti, intordonuto e con la testa che gli fumava, pigliò la baligia, chiamò un tassì e si fici portare in via Oslavia.

L'appartamento che Gianni Viola gli aviva 'mpristato s'attrovava al quarto piano di un palazzone di sei e consisteva in un ingressino, un saloni, 'na cucina abitabile e in un bagno capace. Era pulitissimo, mobili gradevoli, granni finestre che di jorno avrebbiro fatto tanta luci. L'appartamentino gli assollivò lo spirito, gli faciva simpatia, capiva che ci si sarebbe attrovato bono. Sbacantò la baligia, mise la robba nell'armuàr e po' annò in cucina. Non l'avrebbe usata se non la matina, quanno sarebbe annato a farisi il cafè. Dintra a un pensile attrovò la machinetta, il cafè e lo zucchero. Era a posto. Si fici 'na bella doccia, si cangiò d'abito e niscì. Si fici tutta via Oslavia e notò che c'era un sulo ristorante. A parti 'na grossa pizzeria. Però Gianni, e questo se l'arricordava beni, gli aviva ditto che ce n'erano tanti. Forsi s'attrovavano nelle vicinanze. E infatti in una via che si chiamava Montesanto ne vitti tri di fila coi tavolini supra al marciapedi e tutti e tri molto affollati, signo che si mangiava bono. Quindi, a conti fatti, tra via Oslavia e via Montesanto aviva quattro ristoranti a disposizioni epperciò si disse che ne avrebbe cangiato uno a sira. Ma da indove accomenzare? Si sintiva però stanco del viaggio e della jornata passata ad ascutare a Verdez, il chiacchiario delle pirsone assittate ai tavoli gli avrebbe fatto viniri il malo di testa, accussì addecise di accattarisi 'na pizza e portarisilla in casa. Quanno arrivò 'n cucina, trasferì la pizza dal cartone in un piatto e accomenzò a mangiare. In frigo aviva attrovato 'na buttiglia di bianco e sinni servì. A Gianni l'avrebbi riaccattata. Fu mentri era arrivato a mità pizza che gli capitò d'isari l'occhi e di taliare la finestra che aviva davanti. La finestra dava su un cortile che doviva esseri granni assà. Dal posto indove lui stava assittato, contò sidici finestre e tri balcuni. Siccome che faciva càvudo, erano tutti aperti. Per lui era 'na vera e propia novità. A Marinella, quanno mangiava, non vidiva altro che la pilaja e il mari. E prima d'esseri trasferito a Vigàta era stato sempri o in case isolate o in palazzi senza cortili. Finita ch'ebbi la pizza, annò alla finestra.

Il cortile era granni come aviva pinsato, c'era un àrbolo a mano dritta che ne tagliava la parte destra, ma 'nzumma, non si potiva lamintari. Aviva a disposizioni vintisei finestre e cinco balcuni. A taliarici dintra, si vidiva un munno intero che mangiava, parlava, tilefonava, discutiva, nisciva, trasiva...

Lavò il piatto e le posate e doppo si spostò nel saloni. Gianni aviva 'na televisioni satellitare. S'assittò supra alla pultruna che c'era davanti e addrumò il televisore. Passò accussì un dù orate a taliare 'na pillicola miricana indove c'era un poliziotto che non ne sbagliava una e alla fini arrinisciva ad ammazzari a setti gangster da sulo. 'Na minchiata sullenne. La pizza però gli aviva mittuto sete e allura si susì per annare a vivirisi un dito di vino. Ma appena che fu nella cucina, l'occhio gli cadì alla finestra. Molte luci ora erano astutate.

Un balcuni però, quello che gli stava propio d'infacci, era in piena luci e si vidivano dù picciotti, un mascolo e 'na fimmina, trentini, che ancora stavano assittati benché avivano finuto di mangiare. Era chiaro che stavano discutenno arraggiati, a un certo momento lui detti 'na gran manata al tavolo tanto forti che 'na posata cadì 'n terra. Montalbano ne ristò affatato, era come vidiri un film muto. Dovivi circari di capiri quello che stava capitanno sulo da quello che vidivi. Lei si susì, accomenzò a pigliari sgarbata i piatti e i bicchieri e niscì di campo. Certo era annata a metterli nel lavello che però era tagliato fora. Il picciotto continuò a parlari agitato. Lei trasì novamenti in campo e si calò, vicinissima a lui, per pigliare la posata che era caduta 'n terra. Era ancora calata a mezzo mentri che si stava risusenno che lui ne approfittò per darle 'na timpulata. Lei non fici né ai né bai: semplicementi tentò d'infilargli in un occhio la forchetta che aviva 'n mano. Lui le affirrò il polso e si susì. Lei arriniscì a ricambiare la timpulata con la mano libera. S'agguantaro feroci. E con la stissa ferocia si vasaro. E non la finero cchiù. 'Na vasata cchiù longa di quella di *Notorius*. Po' Montalbano, strammato, vitti che lui la stinnicchiava supra al tavolino... Allura annò a vivirisi il vino. Quanno ripassò davanti al balcuni, le luci erano astutate.

L'indomani a matino si misi santianno la felpa,

pirchì accussì aviva raccumannato la sira avanti Verdez, e sinni partì con un taxi per la Scuola di polizia. Doppo manco un quarto d'ora che era arrivato, s'arritrovò con tutti i compagni di corso dintra a un pullman che li portò in una speci di maneggio senza cavaddri dalle parti di Campagnano. Po' Verdez, doppo avirli fatti satare e corriri pejo di un allenatore d'una squatra di calcio, li fici arrivare a pedi in un boschetto, li fici assittare in circolo 'n terra torno torno a lui e accomenzò a tiniri la sò lezioni. Aviva tutta la 'ntinzioni di fari la solita parlata filata di tri ori, ma dovitti interrompirisi doppo manco una mezzorata pirchì capitò l'incidenti. La facenna accomenzò per il fatto che Montalbano, senza addunarisinni, si era ghiuto ad assittari propio supra a un nido di formicole rosse, le quali, com'è cognito all'urbi e all'orbo, sono quelle cchiù guerriere di tutte. Forsi pinsarono che il commissario, assistimanno le sò chiappe supra alla loro città (che doviva aviri minimo un milioni d'abitanti), voliva fari loro uno sfregio e reagirono sdignate, seguendo 'na pricisa strategia di guerriglia. Quanno Montalbano s'accomenzò a sintirisi pizzicari la gamma sinistra e sollivò il pantaloni per vidiri di cosa si trattava, s'addunò che un centinaro di formicole, trasute leggie leggie dintra la tromba dei cazùna, avivano attaccato il polpaccio mancino con la dichiarata 'ntinzioni di sporparisillo in una decina di minuti. Non ebbi il tempo di cataminarisi che vinni pizzicato dintra all'oricchia dritta: una colonna di formicole stava trasenno risoluta ad annargli a perforare un timpano. Una terza pattuglia, formata forsi da formicole alpiniste, accomenzò a passiargli capilli capilli. Montalbano atterrì. S'immaginò completamente arridotto a uno scheletro sporpato che continuava a ristarisinni assittato al posto sò mentri Verdez non la finiva di parlari e parlari. Satò addritta e si misi a fari voci:

«I furmiculi! I furmiculi!».

Naturalmente, nisciuno, manco gli interpreti, accapirono il significato di quella parola. Ma tutti vittiro che il loro collega accomenzava 'na speci di frenetica danza sciamanica, dannosi grannissime manate sulle gammi, sulla facci, 'n testa e abballanno supra a un pedi sulo. Cridennolo nisciuto 'mprovisamente pazzo, quasi tutti si susirono di colpo addritta e s'allontanarono da lui. Quasi tutti, pirchì il collega tidisco inveci si slanciò con tutto il piso dei sò centodeci chili di stazza contro Montalbano, l'attirrò con una tistata nella vucca dello stomaco, lo voltò, gli appujò un ginocchio supra la schina e l'immobilizzò. 'Na mezzorata appresso, chiarito l'equivoco, Montalbano ottenni di potirisinni tornari a Roma e di ristari libbiro per il resto della jornata. Appena fu nella casa di via

Oslavia si stinnicchiò nel letto. Gli doliva assà la vucca dello stomaco, indove l'aviva colpito la testa del tidisco. E quel dolori gli faciva passare la gana di mangiare. Addecise di farisi qualichi orata di sonno. Verso le cinque niscì di casa e annò alla cerca di un negozio per accattarisi un binocolo. Ma unn'è che vinnino binocoli? A Marinella ne aviva uno abbastanza bono, ma se l'era accattato in una bancarella. A pinsaricci bono, tutti i binocoli che aviva viduto esposti stavano sempri supra alle bancarelle. A piazza Mazzini s'informò con un signore gentile:

«Ci sono bancarelle nelle vicinanze? Mi servirebbe un binocolo».

«Allora deve aspettare fino a domenica prossima che proprio qua ci sarà un mercato».

«Ma in quali negozi li vendono?».

«Non saprei».

Decise d'arrinunziare e si misi a tambasiare. In via Ferrari c'era 'na bella libreria. Ci stetti dintra 'na mezzorata, s'accattò un libro e al momento di pagare s'addunò che aviva lassato il portafoglio a casa. Il libro glielo dettiro lo stisso («Poi tornerà a pagarcelo»). Si stava facenno 'na gran bella sirata. 'N sacchetta aviva 'na decina di euro in moneta, tornò verso piazza Mazzini, s'assittò all'aperto in un bar, si pigliò un aperitivo, gli smorcò 'na fami terribili. Che lo fici corriri a casa per recuperare il portafoglio e annare in un ristorante. Appena trasuto, sintì squillare il tilefono. Era Gianni Viola, il patrone di casa.

«Come ti trovi?».

«Benissimo. Hai una bella casa. Ah, senti, Gianni, dove potrei comprare un binocolo? Sai, Verdez vuole che...».

«Ce ne ho uno io. Nel secondo cassetto della scrivania».

Dicenno che Verdez voliva che si portavano il binocolo, aviva ditto 'na farfantaria. Il binocolo gli sirviva invece per vidiri meglio quello che capitava negli appartamenti che s'affacciavano nel cortile.

Tre

Annò a mangiare nel primo dei tre ristoranti di via Montesanto, quello cchiù vicino a piazza Bainsizza e ci s'attrovò bene. Po' tornò a la casa e la prima cosa che fici fu di sperimentare il binocolo di Gianni. Che era tanto grosso e pisanti che se lo dovitti appenniri al collo, come facivano l'ammiragli supra alle navi. Stava annanno a taliare dalla finestra della cucina, ma ci ripinsò: dato che ancora non era scuro, capace che qualichiduno dalla casa di fronte s'addunava di lui armato di binocolo. Meglio la finestra del saloni che dava in via Oslavia. Appena, appuiati i gomiti supra al davanzale, accomenzò a taliare, non accapì assolutamenti nenti di quello che stava videnno. Davanti a lui c'era 'na speci di lastra grigia, uniformi, la cui superfici era tutta granulosa. Vuoi vidiri che non lo sapiva mittiri a foco? Regolò tanticchia le lenti e stavolta, inveci di puntarlo verso il palazzo dall'altra parti di via Oslavia, lo isò verso il cielo. In un attimo ebbi l'impressione che un aceddro grosso gli stava vinenno a sbattiri contro. Allura accapì che prima il binocolo gli aviva ammostrato il muro della casa di davanti, ma era accussì potenti che mittiva in risalto persino la composizione dell'intonaco. L'orientò tanticchia a mano manca e subito s'attrovò dintra a 'na càmmara di mangiari. C'era 'na signura che stava sparecchianno il tavolo che era stato conzato per dù pirsone. Arriniscì a vidiri macari che avivano vivuto vino rosso. Allura, rassicurato, si livò dalla finestra, addrumò la televisione e si misi a satari da canale a canale, ristanno in media a taliare un programma non cchiù di deci minuti. Era 'na cosa che gli piaciva fari, ma se lo potiva permittiri quanno con lui non c'era Livia.

«Ma ti pare modo di guardare la televisione? Una volta scelto un programma, una persona normale guarda quello e basta».

«E chi ti dice che io sono una persona normale?».

Era finita a schifìo. Come Dio vosi, finalmenti si fici mezzannotti.

Astutò la televisione, si misi al collo il binocolo, annò in cucina e, senza addrumare le luci, piazzò 'na seggia davanti alla finestra, allungò un vrazzo e si tirò più vicino il tavolino supra al quali aviva mittuto posacinniri, pacchetto di sigaretti e accendino. Po' arriflittì che se s'addrumava 'na sicaretta allo scuro quelli di fronte avrebbiro potuto addunarisinni e accussì allontanò novamenti il tavolino, a scanso di mittirisi a fumari distrattamenti. Ora era pronto. Però, a stare assittato, gli faciva mali assà il punto della tistata. Il mascolo e la fìmmina del balcuni d'infacci, i dù trentini, avivano ospiti, 'na coppia di coetanei. Erano assittati tutti e quattro torno torno al tavolino supra al quali c'era 'na buttiglia di whisky, un secchiello di ghiazzo e quattro bicchieri e stavano principianno 'na partita a carte. Evidentemente i patroni di casa non avrebbiro replicato la pellicola erotica della sira avanti. Macari pirchì tutti erano vistuti formali: i dù òmini in giacca e cravatta, le dù fìmmine in gonna e cammisetta. Spostanno tanticchia il binocolo a mano manca, si trasiva, attraverso 'na finestra, dintra a 'na speci di studio con le pareti cummigliate da scaffali di libri, addritta davanti a uno scaffali c'era un cinquantino con la varba che stava consultanno un libro grosso e pisanti. Ripassò davanti ai quattro jocatori e taliò dintra la finestra che c'era subito appresso a mano dritta. Le imposte erano aperte, ma la càmmara era allo scuro. Isò il binocolo e taliò verso il quinto piano, che era l'ultimo pirchì supra d'iddro c'era sulo 'na granni terrazza che doviva serviri come stenditojo comune. Macari qua un balcuni centrali e dù finestre allato. Però la vista dell'interno delle càmmare era difficoltosa, dato che si vinivano a trovari più in alto rispetto al punto dal quali il commissa-

117

rio taliava. Solamenti nella càmmara di mancina si vidiva luci bastevoli, mentri dal balcuni centrali che era per mità aperto trapelava 'na luci splapita. La finestra a mano dritta aviva inveci le persiane 'nserrate. Quanno tornò a taliare i quattro jocatori si addunò che qualichiduno aviva accostato le persiane, ora arrinisciva a vidiri le spalli di un mascolo e il mezzo busto della fimmina ospite. Un gran pezzo di beddra picciotta, biunna, che arridiva in continuazioni. Nella càmmara col cinquantino addritta che liggiva un libro la situazione era cangiata. Davanti a lui c'era 'na picciotta vistuta di 'nfirmera che gli stava parlanno. Non sarebbi stata 'na sirata interessanti, meglio annare a corcarsi. Fu allura, e squasi per caso, che vitti a un omo, appuiato alla ringhiera del terrazzo condominiale, che taliava in vascio, verso il balcuni che gli stava sutta a perpendicolo. E si sporgiva tanto che dava la 'mpressioni che potiva perdiri l'equilibrio e cadiri da un momento all'autro.

Che voliva fari?

L'omo s'arrinisciva a vidiri pirchì c'era la luna e pirchì il binocolo di Gianni era veramenti potente. Doppo aviri osservato a longo il balcuni propio sutta a lui, l'omo si rimisi addritta e ristò immobile. Montalbano accapì che ora stava talianno il palazzo di davanti, cioè quello indove abitava lui. Forsi c'era qualichi finestra ancora addrummata, e l'omo si scantava che avrebbiro potuto vidirlo mentri faciva quello che aviva in menti di fari. Po' l'omo, di colpo, scomparse. Aviva arrinunziato per quella notti o avrebbi aspittato ancora qualichi orata, quanno tutti se ne sarebbiro ghiuti a corcarsi? Ma era 'na dimanna che non potiva aviri pronta risposta. Spostò il binocolo ed ebbe 'na sorprisa che propio non s'aspittava. La biunna a mezzobusto si era livata la cammisetta ed era ristata in reggipetto. Arridiva come 'na pazza pirchì l'omo davanti a lei, e che il commissario vidiva di spalli, si stava livanno la giacchetta. Ma si avivano tanto càvudo, pirchì non raprivano completamenti il balcuni? Macari nello studio pieno di libri qualichi cosa era cangiata. La 'nfirmera e il cinquantino erano abbrazzati. Montalbano aviva in un primo momento pinsato che la 'nfirmera, essenno 'na picciotta di un vinticinco anni, era vinuta a salutari a sò patre prima di nesciri per il servizio notturno. Ma l'abbrazzo dei dù non era cosa di patre e figlia. Tutto 'nzemmula i dù si staccarono, come se avissiro sintuto 'na rumorata. Forsi qualichiduno aviva chiamato all'infirmera? La picciotta vasò supra la vucca al cinquantino, gli disse 'na frasi brevi e niscì dalla càmmara. L'omo si spostò a mano dritta e niscì di campo. Ma subito appresso Montalbano vitti 'na mano con un cuscino bianco che viniva posato supra a 'na pultruna. L'omo si stava priparanno per ghirisi a corcari conzanno un divano letto, o quello che era, che s'attrovava in quella parte della càmmara che il commissario non arrinisciva a vidiri. Tornò a taliare nella càmmara dei jocatori. Non criditti ai sò occhi. La biunna si era livato il reggipetto, l'omo di spalli era macari lui a torso nudo, la buttiglia di whisky che la biunna tiniva 'n mano era squasi vacante. Ma a che cavolo di joco jocavano? Ristò fermo a taliare, voliva capacitarsi. Fu quanno la biunna si livò l'orecchino che il commissario accapì che stavano jocanno a un joco del quali aviva sintuto parlari ma che non aviva viduto mai. Strip-poker.

Il poker spogliarello. Le puntate, inveci che coi soldi, erano fatte coi capi di vestiario. Naturalmenti, non c'era nisciuna sodisfazioni a jocarlo tra suli òmini. E po' era un joco che aviva un limite d'età: passati i cinquanta, non era più il caso di farlo. Isò il binocolo e sussultò. L'omo nel terrazzo condominiale era tornato a ricompariri nello stisso 'ntifico posto di prima.

E come prima era tutto sporgiuto 'n fora dalla ringhiera e stava facenno qualichi cosa che Montalbano in prima non accappì. Ma per quanto si sforzasse l'occhi, non ce la faciva a distinguere bono il movimento. Po' ebbe un colpo di fortuna. La finestra a mano dritta allato al balcuni, quella che aviva le persiane 'nserrate, vinni rapruta di colpo con un lampo di luci abbagliante. L'omo che aviva rapruto la finestra era un quarantino in canottiera. Dintra alla càmmara si vidiva un tavolino con supra un attrezzo che riggiva 'na grossa machina fotografica puntata propio supra al tavolino stisso. Evidentementi era un fotografo di quelli specializzati nelle riproduzioni di fotografie di disigni, incisioni, documenti particolari, per questo la càmmara era potentementi illuminata. Accussì Montalbano ebbe modo di capire quello che stava facenno l'omo nel terrazzo. Il quale nel frattempo si era paralizzato, non si cataminava scantannosi che ora fosse visibile da quelli del palazzo di fronti. L'omo stava misuranno la distanza tra la balaustra nella quali era appujato e il balcuni sottostanti sirvennosi di un metro a rotolo, di quelli che usano i capimastri e l'ingigneri. La luci della finestra l'aviva bloccato quanno il capo del metro era a mità strata.

Il fotografo sinni stava a fumare alla finestra, stava facenno cangiare aria alla càmmara. Nella càmmara dei jocatori, l'omo di spalli ora era completamenti nudo, della biunna davanti a lui si vidiva sulo un pezzo: 'na gamma in aria e un paro di mano che sfilavano 'na calza. Nello studio del cinquantino varbuto la luci era cangiata. Il lampadario centrali era stato astutato e la fonti luminosa era a mano dritta, fora campo. Doviva trattarisi di un abagiur e l'omo di certo si era corcato nel divano letto e stava liggenno. Il fotografo finì di fumare e chiuì novamenti la finestra. Tornato allo scuro, l'omo del terrazzo ripigliò a calare quatelosamente il metro, ma quanno era arrivato a livello della parti superiori delle imposte del balcuni di sutta, capitò un altro intoppo. Il balcuni, che era mezzo aperto, si raprì del tutto e spuntò 'na fìmmina.

La fìmmina, alla luci splapita del balcuni che aveva lassato mezzo aperto e che la pigliava di taglio, pariva essiri 'na quarantina chiuttosto àvuta che indossava uno scendiletto. Stava parlanno, a voci vascia, a un cellulare. Appena che era comparsa, l'omo supra al terrazzo si era tirato di colpo narrè, scantannosi che quella, isanno l'occhi, lo potiva vidiri. Ma continuava a tiniri in mano il metro, non l'arritirava pinsanno forsi che la striscia cerata, scorrenno contro il muro, avrebbi potuto fari qualichi rumorata, macari minima, ma bastevoli ad attirare l'intiresse della fìmmina. La quali pariva 'mpignata in una discussioni che l'agitava, macari se le paroli non si sintivano, Montalbano vidiva la sò testa che faciva no e no. E certe volti sbatteva un pedi 'n terra ma po' subito taliava dintra alla càmmara come scantannosi d'aviri arrisbigliato a qualichiduno.

Appresso ancora a 'na decina di minuti, la tilefonata finì e la fìmmina ritrasì dintra lassanno accostato il balcuni. Prima di ripigliari il sò travaglio di misurazione, l'omo del terrazzo lassò passare tanticchia di tempo. Po' ripigliò la posizione spurgiuta e tornò a calare il metro centimetro doppo centimetro. Il commissario calcolò che quello ci avrebbi impiegato minimo ancora cinque minuti per finiri l'opra e lo lassò perdiri. Nella càmmara dei jocatori lo strip-poker doviva essiri finuto e ne era principiato un altro, il joco dell'acchiappa-acchiappa. Infatti, attraverso lo spiraglio, si vidivano passare a gran velocità i quattro jocatori completamente nudi che s'assicutavano firrianno torno torno al tavolo. Po' qualichiduno annò a sbattiri contro il balcuni e lo chiuì definitivamenti. Le tendine ai vetri livarono al commissario la possibilità di vidiri oltre. Fine della proiezione.

Inveci nello studio del cinquantino, Montalbano coglì il momento preciso nel quale la 'nfirmera trasiva nella càmmara. La picciotta traversò la zona della finestra e scomparse a mano dritta, verso il divano letto. E fu allura che il commissario si fici capace che stavolta non avrebbi assistito a un film, ma a uno spittacolo di ombre cinesi. Infatti la 'nfirmera si era firmata in modo tale che la sò ùmmira viniva proiettata contro uno spazio bianco tra libreria e libreria. Si stava spoglianno. Po' l'ùmmira scomparse, la picciotta si era corcata col cinquantino varbuto. Montalbano tornò a taliare verso il terrazzo. Non si vidiva nisciuno. Montalbano pinsò che potiva pirmittirisi qualichi momento di pausa e si susì. Il dolori alla vucca dello stomaco fu accussì violento che lo fici piegare in dù. A ogni respiro che tirava corrisponniva 'na fitta lancinante. Vuoi vidiri che il collega tidisco gli aviva scassato qualichi costola? Annò in bagno, s'addrumò 'na sicaretta ma la dovitti astutare subito, propio non ce la faciva. La meglio sarebbi stata annarisi a stinnicchiare supra al letto, ma la curiosità per quell'omo del terrazzo era cchiù forti del dolori. Si vippi un bicchieri d'acqua e tornò a pigliare posizione. Si erano fatte le dù di notti e tutte le finestre e i balcuni erano oramà astutati, fatta cizzioni del balcuni supra al quali era comparsa la fìmmina col cellulare che lassava sempri trapelare un filo di luci splapita. Doviva esseri una di quelle lampatine a basso voltaggio che si tengono addrumate tutta la notti. Aspittò ancora 'na mezzorata, po', visto e considerato che non capitava cchiù nenti, addecise che la meglio era annarisi a corcare. Si susì santianno per le fitte, si spogliò a fatica, si lavò e si stinnicchiò supra al letto. Sapiva che non avrebbi chiuiuto occhio, che a ogni minimo movimento sarebbi stato pugnalato nei paraggi della vucca dello stomaco e infatti accussì fu. Nel corso della nottata si susì ancora dù volte per annare a taliare nel cortile. Dormivano tutti e dell'omo della terrazza non c'era traccia. L'indomani a matino tilefonò alla Scuola di polizia e comunicò a Verdez che non avrebbi partecipato alla riunione pirchì non si sintiva bono. Verdez, che di sicuro lo considerava un lavativo e cridiva che il dolori di Montalbano era 'na scusa, volli sapiri indove abitava pirchì gli avrebbi mannato subito un dottori. E infatti il dottori arrivò verso le deci del matino e se lo portò al pronto soccorso. Gli trovarono dù costole rotte. Sarebbiro guarute in una vintina di jorni, intanto doviva ristarsene fermo minimo 'na simanata e pigliarisi 'na poco di antidolorifici. In prisenza del commissario, il dottori riferì al Ministero, al dottor Trevisan, che Montalbano non potiva cataminarisi per tri simanate e Trevisan decretò all'istante che il commissario viniva esentato dal proseguire il corso d'aggiornamento. Appena era in grado di muoversi, potiva tornarisinni a Vigàta come e quanno voliva. A Montalbano vinni di vasari 'n terra per la cuntintizza.

Dintra di lui, stabilì che, prima di pigliare un qualisisiasi mezzo che l'avrebbi riportato a Vigàta, doviva assolutamenti aspittari a vidiri come finiva la storia dell'omo supra al terrazzo.

Quattro

Prima di rincasare di ritorno dal pronto soccorso, passò da un granni bar coi tavolini all'aperto indove aviva viduto pirsone che mangiavano roba che gli parse bona. Si fici priparare dalla banconista dù porzioni di pasta al forno e arrusto con patati in modo che avrebbi avuto da mangiare macari per la sira e si portò tutto in casa. Si conzò la tavola proprio davanti alla finestra della cucina, accussì da potiri taliari il palazzo di fronti in tutta tranquillità. Però non c'era nisciuno che s'affacciava a 'na finestra o a un balcuni, di certo quella era l'ora nella quali tutti stavano a pranzo. E manco si vidiva nisciuno nello studio del cinquantino varbuto o nella càmmara indove la sira avanti avivano jocato a strip-poker. Però ebbi tutto il tempo che voliva per studiarisi la conformazione del palazzo d'infacci, soprattutto unni era allocata la scala con l'ascensori. Finì di mangiare, 'nfilò dintra al forno astutato le altre porzioni di pasta e carni, lavò i piatti e si annò a corcare.

Stavolta, forsi per l'effetto degli antidolorifici, arriniscì a dormiri tre ori filate. S'arrisbigliò, si susì, si puliziò, annò in cucina con un fazzoletto rosso che aviva attrovato nell'armuàr, lo vagnò mittennolo sutta al cannolo, lo strizzò e l'annò a stinniri al filo di ferro che curriva da 'na parti all'altra della finestra. Po' niscì. Le costole rotte gli facivano mali, ma il dolori era sopportabili. Appena fora dal portoni, girò a mano dritta e po' ancora a dritta, firrianno torno torno all'isolato sino a vinirisi ad attrovari davanti a un portoni granni che immetteva in un cortile. Trasì. A mano dritta c'era 'na porta a vetri mezza aperta supra alla quali ci stava scritto: Portiere. Ma dintra alla cammareddra non c'era nisciuno. Trasì nel cortile, isò l'occhi e vitti a 'na finestra del quarto piano del palazzo che aviva davanti sventolare il sò fazzoletto rosso come 'na bannera. Ci aviva 'nzirtato.

«Desidera?» fici 'na voci fimminina alle sò spalli.

La purtunara era 'na sissantina pricisa 'ntifica a un corazzeri. Àvuta minimo un metro e ottanta, mani come pale, scarpi misura cinquanta.

«Polizia. Il commissario Montalbano sono» fici Montalbano tiranno subito fora la tessera a scanso d'equivoci.

Abbastava 'na sula manata di quella per fracassargli altre quattro costole.

L'altra gli restituì la tessera doppo una taliata attenta.

«Devo parlarle in privato».

La purtunara se lo portò in portineria, chiuì la porta a vetri, tirò le tendine.

«Mi dicisse».

Mi dicisse? Siciliana era!

«Di dov'è, signora?».

«Io di Fiacca sono. Siccome che mio marito fa il...».

«E io sono di Vigàta».

Per picca non s'abbrazzaro. E accussì il commissario vinni a sapiri:

che il varbuto era profissori di storia all'università il quali mischino aviva la mogliere da anni in funno al letto e che lui l'amava tanto, a chista mogliere, da tiniricci dù 'nfirmere, una di jorno e una di notti;

che i dù giovani trentini, maritati da dù anni, erano 'na coppia della quali non c'era nenti da diri pirchì erano picciotti aducati, giudiziosi, rispettosi, serii e annavano alla santa missa ogni duminica matina;

che il signor Picozzi, il fotografo, non abitava lì ma ci aviva sulo lo studio, però certe volti, se aviva molto travaglio, ci ristava a dormiri supra 'na brandina;

che la quarantina del quinto piano, la signura Liliana Guerra, era 'mpiegata al Ministero della Marina, aviva dù figli, aviva in corso il divorzio dal marito e pare che si consolava con uno che però nisciuno aviva viduto;

che per annare al terrazzo condominiale ogni inquilino aviva la sò chiave, ma spisso e volanteri il terrazzo ristava aperto.

«Potrei vederlo?».

«Certo. Ci dugnu la chiavi, ma di sicuro non ne avrà bisogno. Piglia l'ascensori, scinni al quinto piano, si fa 'na rampa e s'attrova davanti la porta del terrazzo».

Successi esattamenti come aviva ditto la purtunara. La porta era aperta, niscì supra al terrazzo indove c'erano panni stisi, annò nello stesso priciso posto nel quali aviva visto l'omo. Taliò di sutta. Per vidiri il balcuni della signura Liliana Guerra, che distava circa quattro metri o poco cchiù, abbisognava sporgersi assà per via del cornicione. Ripigliò l'ascensori, restituì la chiavi, raccumannò alla purtunara il silenzio, sinni tornò a la casa. Si stinnicchiò supra al letto, pigliò il libro che si era accattato il jorno avanti e principiò a leggerlo. Per fortuna che gli piacì e accussì potì tirari fino alle novi di sira.

Alle novi si susì, si quadiò nel forno la pasta e la carni, mangiò 'n cucina con la luci addrumata, alla vista di chi lo voliva vidiri. Per un momento, al balcuni della giovane coppia, s'affacciò lei, la picciotta. Era 'na beddra bruna, riccioluta e a Montalbano parse che lo stava a taliare, pigliata di 'na certa curiosità. Sicuramenti s'addimannava chi era, dato che in quella cucina ci aviva sempri viduto a Gianni. Po' sinni trasì, chiuienno le imposte. Forsi stava piglianno 'na giusta precauzioni in vista di quello che lei e sò marito avivano in mente di fari cchiù tardo. Non si potiva propio diri che ammancavano di fantasia erotica, macari se annavano alla missa ogni duminica. Moltalbano finì la cena, sconzò la tavola, lavò i piatti e le posate e si annò a sistemare davanti alla televisione.

Su un canale satellitare stavano scorrenno i titoli di testa di *La finestra sul cortile* di Hitchcock. L'aviva già viduto, gli era piaciuto assà e la coincidenza l'addivirtì tanto che addecise di rividirselo. Le diffirenze 'mportanti tra la pellicola e la sò situazione erano quattro: lui aviva dù costole rotte mentri Jimmy Stewart aviva le gammi scassate; lui era sulo mentri Stewart aviva la bella compagnia di Grace Kelly; lui, fino a quel momento, non aviva scoperto nisciun omicidio mentri Stewart aviva a chiffari con uno che aviva tagliato a pezzi la mogliere; lui annava avanti 'mprovvisanno, a come veni veni, mentri Stewart aviva 'na sceneggiatura e un regista di quel calibro. Po', finuto il film, si misi a satare da un canali all'altro fino a quanno non si fici l'una di notti. Allura annò in cucina e, allo scuro, s'assittò supra alla seggia col binocolo. Nel terrazzo condominiale non si vidiva nisciuno, il balcuni di sutta, quello della signura Liliana, era stato lassato mezzo aperto e si vidiva la solita luci splapita. L'interno dello studio del professuri di storia era illuminato dalla luci dell'abagiur, si vidi che era annato a corcarsi nel divano letto. Tra poco la giovane 'nfirmera notturna l'avrebbi raggiunto per consolarlo del granni dolori che provava per la mogliere malata. Il balcuni della coppia trentina era stato spalancato, la luci della càmmara era addrumata ma dintra non c'era nisciuno. Capace che quella sira non ci sarebbi stato il solito film a luci rosse eppercìo non avivano scanto d'essiri viduti. Doppo 'na mezzorata di sorveglianza non era capitato nenti. Si susì, si fumò 'na sicaretta 'n bagno e quanno tornò ad assittarisi alla finestra vitti all'omo nel terrazzo. Stava piegato supra la ringhiera tutto sporgiuto in fora e taliava il balcuni sottostanti. Erano squasi le dù di notti. L'omo si misi addritta, tirò fora qualichi cosa dalla sacchetta, la pigliò con le dù mano, se la portò all'occhi. Montalbano strammò. L'omo stava talianno il palazzo d'infacci con un binocolo, priciso 'ntifico a quello che stava facenno lui.

Voliva di certo controllare se c'erano pirsone che potivano vidirlo. Il commissario si fici cadiri il binocolo supra al petto, non voliva esseri tradito da un qualichi riflesso delle lenti. A occhio nudo, s'addunò che il balcuni della giovane coppia era stato novamenti chiuso a mezzo e che la mogliere, perfettamenti inquadrata al centro dello spiraglio, si era vistuta come Carmen, aviva persino le nacchere, e abballava movenno i scianchi a 'na musica che non sintiva. Ripigliò il binocolo. L'omo sul terrazzo stava leganno il capo di 'na corda chiuttosto grossa alla parte 'nferiori di 'na sbarra della ringhiera. Era chiaro che aviva 'ntinzioni di calarisi nel balcuni di sutta. Po' l'omo provò la tinuta del nodo tiranno forti la corda.

Soddisfatto del risultato, si livò la giacchetta, scavalcò la ringhiera e accomenzò a calarisi appinnuto alla corda. Ma arrivato all'altizza del cornicione, si firmò un attimo appiso e risalì. Aviva cangiato idea? O ci avrebbi riprovato? Certo, non era un latro. Di questo Montalbano ne era cchiù che sicuro. Troppo spratico, troppo maldestro nello scinniri con la corda. Era chiaro che a un certo momento si era scantato di cadiri di sutta o aviva avuto un momento di virtigine e aviva preferito risalire. Ora stava addritta e si stava asciucanno il sudore con un fazzoletto bianco. Carmen aviva principiato uno spogliarello languido a favori di qualichiduno che non era nell'inquadratura, ma di certo doviva essiri il marito. Po' l'omo scavalcò novamenti la ringhiera e accomenzò a scinniri con estrema lintizza. C'impiegò 'na decina di minuti ad arrivari supra al balcuni. Lassata la corda, fici 'na cosa stramma. Cavò dalla sacchetta dei pantaluna 'na bombola spray e si spruzzò sutta alle ascelle. No, non era un latro, i latri non si levano il feto di sudori prima di trasire in una casa per arrubbare. Vuoi vidiri che era l'amanti di Liliana? No, pirchì altrimenti la notti avanti non sarebbi ristato fermo quanno lei era comparsa a parlari al cellulare. E allura chi era e che voliva fari?

L'omo raprì quatelosamente le ante, trasì e scomparse alla vista del commissario. Il quali, a questo punto, non seppi cchiù chiffari. Chiamari la polizia? Aspittari che nisciva novamenti sul balcuni e mittirisi a fari voci «al ladro, al ladro!», arrisbiglianno tutto il cortile? E se quello, come oramà ne era intimamente sicuro, non era un latro? Vabbè, d'accordo, latro non era ma non si potiva diri che si stava comportanno in modo normali. Era nicissario 'ntervenire. Ma come? E subito attrovò la risposta. Si susì, si misi la giacchetta e niscì di cursa dalla casa. Ci misi meno di deci minuti per arritrovarsi davanti all'altro granni portoni, quello del palazzo d'infacci indove abitava la signura Liliana. Pirchì i casi erano dù: o l'omo nisciva da quel portoni doppo aviri fatto quello che voliva fari opuro non nisciva. In questo secunno caso viniva a significari che l'omo abitava nello stisso palazzo e il commissario, con l'aiuto dell'amica purtunara, l'avrebbi rintracciato. In quel preciso momento 'na machina si fermò tanticchia oltre il portone e ne scinnì 'na coppia cinquantina. Lo taliarono tanticchia 'mpressionati, dato che lui sinni stava immobili allato al portoni, le mano 'n sacchetta, la sicaretta 'n vucca. L'omo raprì con la chiavi e po' disse:

«Vuole entrare?».

«No, grazie, aspetto un amico» fici Montalbano.

Il cinquantino non parse pirsuaso, comunque trasì e chiuì. "Vuoi vidiri che ora quello chiama la polizia dicenno che c'è un individuo sospetto, la polizia arriva e tra 'na cosa e l'altra mi fanno scappare all'omo?" si spiò il commissario prioccupato. Taliò il ralogio. Da quanno si era mittuto di guardia al portoni erano passati 'na vintina di minuti. S'allontanò di 'na decina di passi, annò a mittirisi appuiato con le spalli alla saracinesca di un negozio. S'addrumò un'altra sicaretta. Gliene ristavano dù e spirò che l'omo si faciva vivo prima che il pacchetto addivintava vacante. Po', tutto 'nzemmula, il portoni si raprì e niscì un omo. Un quarantino bono vistuto, immediatamente identificabile come l'omo del terrazzo in quanto tiniva arrutuliato nell'avambrazzo mancino un rotolo di corda. Il commissario non si cataminò. L'omo raprì 'na machina, ghittò il rotolo nel posto narrè, trasì, chiuì lo sportello e stava per mettiri in moto quanno in un vidiri e svidiri s'attrovò a Montalbano assittato nel posto allato a lui.

«Non farmi male» disse l'omo con la voci che gli trimava. «Ti do tutto quello che ho».

E accussì dicenno, tirò fora il portafoglio. Ma il commissario vitti che la sacchetta destra della giacchetta era deformata, doviva tiniricci qualichi cosa di pisanti. Un revorbaro? Senza pinsaricci dù voti, gl'infilò la mano 'n sacchetta e tirò fora 'na machina fotografica.

«No, quella no!» gridò l'omo.

Forsi era un poliziotto privato, forsi aviva documentato che la signura Liliana dormiva con l'amico invisibile. Addecise di jocare a carte scoperte.

«Polizia. Il commissario Montalbano sono».

Allura l'omo fici 'na cosa che Montalbano non s'aspittava: si misi a chiangiri sconsolatamenti, la facci tinuta tra le mano, le spalli scosse dai singhiozzi. Scinnì, raprì lo sportello del guidatore, gli disse di spostarisi, quello intordonuto eseguì.

«M'arresta?».

«Non dica minchiate».

L'omo si misi a chiangiri cchiù forti. Montalbano parcheggiò l'auto sutta a la sò casa, fici scinniri all'omo, se lo portò al quarto piano, lo fici trasiri in cucina, gli fici viviri un bicchieri d'acqua. L'omo vitti supra al tavolo il binocolo, taliò verso la finestra aperta e accapì tutto.

«In quella stanza lì» fici indicanno il balcuni dal quali viniva la luci splapita «dormono i miei due figli che la loro madre si rifiuta di farmi vedere. Li tiene segregati apposta. Abbiamo il divorzio in corso, ma Liliana ha verso di me un odio feroce e si vendica così. Io... io domani parto per l'Egitto, sono un ingegnere minerario, starò fuori un anno e allora ho pensato... Li amo troppo. Li vuole vedere?».

Pigliò la machina fotografica. Dù picciliddri che dormivano in dù lettini.

Un mascoliddro di 'na decina d'anni e 'na fimmineddra di circa cinco.

«Ha rischiato grosso, lo sa?».

«Sì, ma non avevo scelta. E ora che fa?».

«Niente, che vuole che faccia? Le auguro buon viaggio».

E buon viaggio l'augurò macari a se stisso. Pirchì aviva addeciso. Quel jorno stisso, con le costole rotte, in aereo, in navi, in treno, in machina, in bicicletta, in monopattino, se ne sarebbi tornato comunque a Vigàta.

Una cena speciale

Uno

Trasenno 'n commissariato, Montalbano s'addunò con sorprisa che Catarella non era al sò posto nel centralino, pirchì quanno era 'n sirvizio non si cataminava da quello sgabuzzino che era il sò quartiere ginirali. Forsi era 'nfruenzato, in quell'urtimi jorni di dicembriro il friddo era stato forti assà. 'Nveci lo vitti che s'attrovava nel corridoio indove si raprivano le porte dell'uffici, 'ntento a trafichiare tra 'na longa fila di fotografie appizzate al muro.

Tutte ritraevano le facci, certamenti non da concorso di billizza, di ricercati assà perigliosi, in gran maggioranza mafiosi latitanti, e stavano esposte accussì 'n bella mostra pirchì l'òmini del commissariato, passannoci davanti continuamenti, s'arricordassiro sempri i tratti di quei sdilinquenti. E 'n caso di 'n incontro casuali procidissero 'mmidiato all'arresto.

O almeno, questa era la pia 'ntinzioni. In realtà, sarebbi stato difficili arraccanosciri a Girolamo Boccadoro, quintuplice omicida, tanto per fari 'n esempio, dalla 'ngialluta fotografia esposta la quali rapprisintava un picciotto trentino coi baffetti e i capilli nìvuri, dalla taliata sfottenti e il sorriseddro bastardo, dato che quello era latitanti da quarant'anni e ora era un vicchiareddro sittantino.

«Che stai facenno?».

«Dottori, siccome che aieri la squatra Accatturandi di Montelusa ne accatturò a dù che erano nella latitazioni staio livanno le rispettevoli fotorafie».

«Meno mali, dù di meno».

«Nonsi, dottori, conto sta sbaglianno. Le vintotto fotorafie sempri vintotto arrestano».

«Ma se hai detto che dù che erano alla macchia...».

«Io ci parlai di 'na macchia? Vidissi che vossia errori fa, non c'è nisciuna macchia, tutto pulitissimo è. La facenna è che essennosi 'n autri dù sdilinquenti datosi alla latitazioni, la quistura ha mannato le rispettevoli fotorafie da appizzare».

Montalbano detti 'na taliata alle dù foto nove e s'avviò verso il sò ufficio, ma Catarella gli corrì appresso.

«Ah dottori! A momenti facivo sdimenticanzia. Ci volivo diri che Fazio tilefonò».

«Non può venire? Sta male?».

«Nonsi, dottori, non attratasi di Fazio figlio che attrovasi in loco, ma attrattasi di Fazio patre del figlio e...».

«... dello Spirito Santo. Vabbeni, se richiama me lo passi. Intanto dici a Fazio di viniri 'nni mia».

«Dottori, addimanno compressione e pirdonanza ma non accapii. Ce lo devo passari o gli devo diri di viniri 'nni vossia?».

«Ti staio dicenno di fari viniri 'nni mia a Fazio figlio!».

«Allura glielo dico subitissimo, dottori. Ma mi spiega che ci trase lo Spirito Santo?».

«Te lo spiego 'n'autra vota, Catarè».

«Tò patre stamatina mi tilefonò ma io ancora non ero arrivato. Lo sai che voliva?».

«Nonsi, ma pozzo 'ndovinari».

«E 'ndovina».

«Di sicuro voli 'nvitare a vossia e alla signorina Livia a passari con noi la notti di Capodanno».

«Purtroppo molto probabilmenti Livia non ce la farà a scinniri» gli scappò di diri.

E subito sinni pintì. Pirchì ora, saputolo sulo, tutti si sarebbiro fatto un doviri di volirlo ospitari nelle loro case nella notti di festa.

Mentri lui nutriva la sigreta spiranza che, ammancanno Livia, la cammarera Adelina l'avrebbi 'nvitato a passare la nuttata con la sò famiglia, mangianno i maravigliosi, unici arancini che sulo lei sapiva fari accussì boni.

«Se è sulo, 'na raggiuni chiossà per accittare l'invito di mè patre» dissi 'nfatti Fazio.

Montalbano murmuriò qualichi cosa che non s'accapì. Fazio sinni tornò nella sò càmmara a travagliare.

Cinco minuti appresso s'apprisintò Mimì Augello con un sorriso che gli tagliava la facci. Trasì, chiuì la porta, s'avvicinò alla scrivania e parlò con voci cospirativa.

«Vero è che Livia non veni?».

«E a tia che tinni futti?».

«Salvo, è 'na cosa seria, dalla quali addipennino un sacco di cose. Che ti costa? Vero è o no?».

«Vero è».

«Talè, Salvo, ti offro 'n'occasioni unica!».

«Sarebbi?».

«'N'occasioni da liccarisi le dita!».

«Me la dici sì o no?».

«Aio suttamano a dù gemelline vintine, Else ed Helen, tedesche di passaggio».

«Indove le hai accanosciute?».

«'Na matina passata ccà, 'n commissariato, per 'na facenna di passaporti. Aieri a sira le ho 'nvitate a cena. T'assicuro che m'hanno ripagato con granni ginirosità».

«Ma pirchì mi veni a contare 'sta storia?».

«Non hai capito?».

«No».

«Tu e io, la sira di Capodanno, ce le portamo a mangiare, e soprattutto a viviri vino e sciampagni a tinchitè al Madison, appresso facemo dù o tri giri di ballo, po' annamo a Montelusa all'albergo Jolly indove preventivamenti avemo prenotato dù càmmare matrimoniali e 'naguramo bono l'anno che veni. Chi 'nni dici?».

Montalbano non arrispunnì, lo taliò.

Ma lo taliò accussì malamenti che Augello isò le vrazza 'n signo di resa e s'arritirò protestanno:

«Ma era 'na semprici proposta!».

Appena che Augello niscì a Montalbano vinni da ridiri.

Tutto 'nzemmula si era viduto al Madison mentri che abballava con 'na picciotta tidisca mezzo 'mbriaca.

Squillò il tilefono.

«Ah dottori! Ah dottori dottori!».

Quella era la lamentazioni tipica di quanno chiamava il signori e guistori. Perciò non ebbi bisogno di spiare chi lo voliva.

«Passamillo».

«Montalbano?».

«Buongiorno, signor questore».

«Buongiorno, Montalbano. Questa, fortunatamente, non è una telefonata di lavoro».

«Meglio così».

«Mia moglie ed io saremmo lieti se lei e la sua

fidanzata poteste venire da noi per la cena di Capodanno».

Matre santa! Questa non se l'aspittava propio! Per un attimo, vitti all'arancini lentamenti scompariri all'orizzonti. E questo non potiva permittirlo per nisciuna raggiuni al munno. Ma che farfantaria avrebbi potuto contarigli?

«Ringrazio la sua signora e lei per la squisita gentilezza ma sono veramente mortificato di non...».

Di non... con quali scusa? Non gliene viniva 'n testa una che fusse una. Accomenzò a sudari a malgrado del friddo che faciva.

«Ha già preso un impegno?».

«No, ma il fatto è che...».

E ccà, tutto 'nzemmula, capitò il miracolo. Le parole continuaro a niscirigli dalla vucca belle, pricise, filate, ammaraviglianno per primo a lui stisso.

«... il fatto è che Livia arriva a Palermo con l'ultimo volo del 31 sera, io l'andrò a prendere e quindi ceneremo in un ristorante di Palermo dove un suo lontano cugino...».

Pigliata l'abbrivata, avrebbi potuto continuari ancora per un'orata, ma il quistori l'interrompì.

«Ho capito. Pazienza, lo dirò a mia moglie. Comunque ci vediamo per gli auguri rituali».

«Certamente».

Era arrinisciuto a scansarisilla. Si susì e fici tri giri torno torno alla scrivania fregannosi le mano e canticchianno. Si era appena novamenti assittato che tuppiaro. Era Catarella.

«Dottori, siccome che come qualmenti mi dissiro ora ora 'na cosa di riguardo a vossia...».

«Che ti dissiro?».

«Che la sò zita ebbi 'n impidimento a fari la scinnuta. Giusto mi dissiro?».

«Giusto».

Catarella si gonfiò come a un gallinaccio, addivintò russo 'n facci, si misi sull'attenti, fici il saluto e dissi:

«Allura, se vossia mi voli fari l'anuri di passari la notti di Capodanno 'nni la mè casuzza, ci dugno assicuranza che mè soro Trisina cucina bono e che 'u vino di...».

Montalbano si commovì e l'interrompì. E stavota gli dispiacì veramenti di contare 'na farfantaria.

«Catarè, t'arringrazio di cori. Ma accettai propio un minuto fa l'invito del signori e guistori».

Catarella, dispiaciuto, allargò le vrazza e sinni niscì. Ma un attimo doppo raprì novamenti la porta.

«Ah dottori! Ci volivo diri che c'è in loco Fazio patre del figlio che dici che se l'arricivi quanno avi tanticchia di tempo».

«Fazzo 'na tilefonata e po' l'arricivo».

Fici il nummaro della sò casa di Marinella con 'na certa trepidazioni. Era arrivato al momento cru-

145

ciali: vidiri se Adelina l'avrebbi 'nvitato. L'anno avanti, che era il secunno del sò commissariato a Vigàta, l'aviva fatto e lui ci era annato e si era sbafato otto paradisiaci arancini uno appresso all'autro. Ma po', quattro misi doppo, era successo che... Da tempo, a Vigàta, c'era in azioni 'na banna di latri d'appartamenti che aviva fatto nasciri malumori e lagnanze tra la genti sicché un jorno Montalbano, stuffato, aviva dato l'incarico ad Augello d'arristarli.

Mimì ci si era mittuto d'impegno ed era arrinisciuto a firmari a un tipo sospetto e a mittirlo sutta torchio. E quello, doppo vintiquattr'ure di 'ntirrogatorio, era sbracato, aviva confissato e aviva fatto i nomi dei dù sò complici. Uno dei dù, con grannissima sorpresa del commissario, era Pasqualino, un figlio di Adelina. Montalbano, che aviva avuto modo di conoscirlo e di praticarlo, gli volli parlari di pirsona.

«Mi dispiaci, ma ti devo mannari 'n galera».

«Di che si dispiaci, dottò? Vossia fa il sò misteri e io fazzo 'u mè. Nenti di pirsonali, vossia resta per mia quello che è sempri stato».

«Ma non pensi al dolori che dai a tò matre?».

La risposta di Pasqualino era stata d'una logica perfetta.

«Dottò, il dolori a mè matre non ce lo dugno io che arrobbo, ma vossia che mi arresta».

Ma Adelina aviva continuato ad annare a Marinella come se non era capitato nenti. Quanno l'aviva contato a Livia, quella si era scantata.

«Mandala via!».

«Ma perché?».

«Perché un giorno o l'altro ti avvelena per vendicarsi!».

Finalmenti Adelina arrispunnì.

«Mi pirdonasse se non arrispunnii subito ma non sintiva il tilefono pirchì stavo lavanno la verandina. Che c'è, dottori?».

«Ti volivo avvertire che dumani a matino puoi viniri come a 'u solito a puliziare la casa».

Adelina ristò 'mparpagliata. Po' parlò con voci fattasi sospittosa e guardigna.

«M'ascusasse la dimanna, ma non mi disse che stasira arriva la signurina Livia?».

Siccome che Adelina e Livia non si facivano sangue, quanno Livia era a Vigàta la cammarera non si faciva vidiri.

«Sì, ma po' aieri a sira mi tilefonò di no».

«E quanno arriva?».

«Mi spiegò che ebbi un contrattempo e non ce la fa assoluto a viniri per Capodanno».

«Vabbeni» fici Adelina.

Montalbano ristò col sciato sospiso. Ma Adelina l'aviva accaputo che la notti di Capodanno sarebbi stato sulo?

Stava per arripeterle che Livia non sarebbi vinuta quanno Adelina finalmenti si fici pirsuasa.

«Allura...» dissi.

E si firmò.

«Allura?» la 'ncitò, spiranzuso, il commissario.

«Allura pirchì non veni a mangiarisi l'arancini con nuautri?».

Ce l'aviva fatta! Ora potiva fari trasire a Fazio patre del figlio.

Due

«Lo sai, Fazio, che ti trovo molto bene?».
«Grazie, dottore. Si vidi che le cure mi giovano. E macari vossia è 'na billizza!».
«Mi volivi diri qualichi cosa?».
«Vegno ccà per dù motivi. 'U primo è per invitarla a passari con noi la notti di Capodanno».

Siccome che se l'aspittava, ebbi la risposta pronta. La farfantaria ditta a Catarella era riciclabili.

«T'arringrazio, ma purtroppo non posso. Ho già 'n impigno. Prima che tu arrivassi mi ha tilefonato il quistori per lo stisso motivo e tu capisci che non potivo arrefutari».

«Minni dispiaci assà ma ha fatto beni. Ora non ci fazzo perdiri tempo e vegno al secunno motivo. Vossia devi sapiri che io aio un vecchio e caro amico, cchiù picciotto di mia, un galantomo, 'na pirsona spicchiata, che s'acchiama Gasparino Lodato. Quello che ha un granni negozio di tissuti in via...».

«L'accanoscio».

«'St'amico avi a 'na figlia unica, vintina, 'na gran beddra picciotta che è la luci dell'occhi sò, seria,

149

senza idee stramme per la testa, che studiava liggi all'Università a Palermo...».

«Ora non studia cchiù?».

«Nonsi, pirchì... Ma portasse tanticchia di pacienza che ci cunto la facenna con ordini».

«Scusami».

«'Sta picciotta, che s'acchiama Anita, un anno e mezzo passato, accanoscì a un picciotto e sinni 'nnamurò, arricambiata. Però volli, per qualichi tempo, tiniri la cosa ammucciata 'n famiglia. Senonché, doppo sei misi che la storia era principiata, qualichiduno lo dissi a Gasparino. Il quali mi fici il nomi del picciotto prigannomi di pigliare 'nformazioni supra di lui e io mi sintii moriri il cori».

«Pirchì?».

«Pirchì il picciotto era Antonio Barreca».

«Il killer dei Sinagra? Quello che da tri misi è latitanti?».

«Precisamenti».

«Che hai fatto?».

«Quello che dovivo fari. Io allura dissi a Gasparino che sò figlia doviva 'mmidiato lassare a quel picciotto e gliene spiegai la scascione. Sulo che Anita non 'nni sapiva nenti, lo cridiva propietario di tri piscariggi. E il bello fu che non ci voliva cridiri. Pinsava che fusse 'na manopira di sò patre. Sinni fici pirsuasa sulo quanno lui si detti latitanti e la sò figura comparse supra ai giornali e alla tilevisioni».

«E allura?».

«E allura per 'sta povira picciotta e per tutta la famiglia è accomenzato lo 'nferno».

«Lo 'nferno? In che senso?».

«Nel senso che Barreca non ci duna paci, voli che Anita lo raggiungi nella latitanza e resti con lui. E siccome che la picciotta non lo voli cchiù vidiri, sinni sta 'nserrata nella sò casa e per pricauzioni non va cchiù a Palermo a studiari, Barreca la cerca ogni jorno per tilefono, la minaccia, dici che se non va con lui l'ammazza, a Gasparino ha fatto tagliari le gommi della machina, gli ha spiduto un coniglio squartato, dici che gli mannerà a foco il negozio... Aieri Barreca fici a Gasparino 'na tilefonata che non s'accapì».

«Cioè?».

«Dissi che avrebbi fatto 'na tali rumorata, ma accussì grossa, che tutta Vigàta l'avrebbi sintuta, accussì si pirsuadiva finalmenti a mannarigli ad Anita indove avrebbi ditto lui».

Montalbano era chiaramenti strammato.

«Me lo spieghi pirchì, doppo tutte 'ste belle 'mprise di Barreca, il tò amico non è vinuto con tia a fari regolari dinunzia?».

«Dottore, che dimanna mi fa? Addinunziannolo, che ne avrebbi ottenuto? Quello latitanti è! Chi lo piglia? Chi ce lo metti 'u sali supra alla cuda?».

Montalbano pinsò alla longa galleria di ritratti che c'era nel corridoio e non dissi nenti.

Fazio continuò:

«E po' si scanta che se fa dinunzia Barreca s'incania chiossà. Se viniva con mia 'n commissariato, vossia può stari sicuro che Barreca l'avrebbi saputo subito. Amiciuzzi pronti a farigli un favori, o pirsone ai sò ordini, a Vigàta, ne avi assà assà».

Montalbano ci pinsò supra tanticchia.

«'Na soluzioni ci sarebbi».

«Me la dicissi».

«Pozzo circari di parlari col giudici per fari mittiri sutta controllo il tilefono della famiglia Lodato. E capace che Barreca, tilefonanno tilefonanno, si futti con le sò mano. Ma purtroppo, tu accapisci, non pozzo procediri».

«Pirchì?».

«Fazio, sei stato ccà dintra trent'anni e te lo scordasti? Senza dinunzia non mi pozzo cataminare».

«Dottore, supra a 'sto punto, Gasparino è...».

«Chiariscimi 'na cosa. Si scanta a fari la dinunzia o si scanta che si veni a sapiri?».

«Tutte e dù le cose. Ma soprattutto io penso che si scanta che si veni a sapiri».

«Allura fai come ti dico».

«Parlasse».

«Ordina al tò amico che devi cadiri malato. 'Na

cosa passiggera, devi ristari quattro jorni a starisinni corcato».

Fazio lo taliò sbalorduto.

«Si spiegasse meglio».

«Tu e tò figlio, al secunno jorno, l'annate ad attrovare per vidiri come si senti. E lui vi dici che devi fari 'na dinunzia urgenti, ma che non si può susiri dal letto. Allura tò figlio si fa avanti e dici che in questo caso lui è autorizzato a pigliare sul posto la dinunzia. Gasparino la fa, tò figlio me la porta, io la 'nfilo dintra a un cascione e nisciuno 'nni sapi nenti. Mi sono spiegato?».

«Alla perfezioni» dissi Fazio patre del figlio, susennosi e pruiennogli la mano.

«Ti accompagno» fici il commissario.

Di ritorno, si firmò nel corridoio a taliare le foto dei latitanti. Eccolo lì, il carissimo Antonio Barreca.

I sdilinquenti hanno dù tipi di facci: la facci di sdilinquenti nato e crisciuto e la facci di pirsona perbeni. Barreca apparteniva a 'sta secunna categoria. Era un vintottino chiuttosto belloccio che pariva priciso 'ntifico a un diligenti 'mpiegato di banca e discindenti da genti onesta, timorata di Dio e rispittosa della liggi.

Sulo che gli gravavano supra alle spalli minimo minimo quattro omicidi accirtati.

Sinni stetti tanticchia a taliare la foto, po' si stava avvianno verso l'ufficio quanno ci fu il botto.

153

Fortissimo.

Il pavimento vinni scosso come per un bripito di friddo, i vitri delle finestre trimoliaro, 'na porta si raprì da sula, ci fu qualichi cosa di simili a 'na vintata d'aria, 'na pila di carti in quilibrio instabili supra a un mobili si sfasciò cadenno 'n terra.

«Che fu? 'Na bumma?» fici Augello niscenno prioccupato dalla sò càmmara.

«Bumma fu?» gli fici eco Fazio arrivanno di cursa seguito da Gallo e autri agenti.

«E chi 'nni saccio?» dissi Montalbano. «Certo che lo scoppio fu forti ma luntano».

«Che volemo fari?» spiò Fazio.

'N quel momento arrivò Catarella.

«Ora ora tilefonaro. 'Na voci balabuzianti dissi di corriri al Piano Lanterna».

Erano tutti stipati dintra a dù machine, una guidata da Gallo e una da Fazio. Appena che foro al Piano Lanterna, 'na grossa e densa nuvola nìvura di fumo 'ndicò loro la strata.

«La fabbrica di Santino satò!» fici voci un tali sbracciannosi nel vidirli passari.

«Minchia!» sclamò Fazio.

E mentri continuava a guidari, pigliò il microfono e avvirtì i vigili del foco di Montelusa.

Santino Larocca aviva 'na fabbrica autorizzata di fochi d'artificio e di botti che sutta Capodanno travagliava alla granni. Era 'na speci di grosso e vecchio magazzino 'n muratura nel quali, oltri al propietario, erano 'mpiegati tri operai.

Del magazzino ora ne ristava sì e no la mità, l'autra era crollata per l'esplosioni. Ma di 'sta mità ancora addritta era difficili valutari la condizioni pirchì era 'mpossibbili vidirla attraverso il gran fumo che la cummigliava. Però non c'erano sciamme di foco.

L'aria era grigia, pisanti, irrespirabili e faciva tussicoliari e lacrimiare l'occhi.

'Na cintinara di curiosi erano già sul posto, ma erano tinuti lontani da dù guardie comunali, che va' a sapiri pirchì s'attrovavano ddrà in quel momento, e dallo stisso Santino Larocca, il propietario che evidentementi non s'era fatto nenti, il quali faceva voci:

«Stati luntani! C'è ancora piricolo!».

Montalbano, seguito da Augello, gli s'avvicinò.

«Tutti in salvo?».

«Nonsi. Pietro Trupia è ristato 'ntrappolato dintra. Mentri io cornivo fora, lo vitti cadiri e non si susì cchiù».

«Ma non lo si può lasciare lì» dissi Montalbano. «Forse è svenuto o è inciampato. Bisogna...».

«Che voli fari? Trasire dintra? Vidisse che il resto del magazzino può crollari da un momento all'autro».

Allura capitò 'na cosa che nisciuno s'aspittava.

Senza diri manco 'na parola, Mimì Augello corrì verso il magazzino, sparì di colpo 'n mezzo al fumo.

«Ma quello s'ammazza!» gridò Santino.

Montalbano s'attrovò allato a Fazio mentri s'apprecipitava appresso ad Augello.

«Indove voli annare?».

«Ddrà dintra c'è Augello!».

«E vossia resta fora!» dissi Fazio agguantannolo per le vrazza.

Montalbano circò di libbirarisi con tutte le sò forzi, ma la presa dell'autro pariva 'na morsa.

«Lassami, è 'n ordini!».

«Volemo mittirinni a fari a cazzotti davanti alla tilevisioni?» addimannò Fazio.

C'era la tilevisioni?

E figurati se quelli non s'apprecipitavano 'mmidiato come i corvi supra a un catafero!

Montalbano, che non se n'era addunato, ebbi un momento di 'ncirtizza. Ne approfittò Fazio per tirarlo tri passi cchiù luntano.

Ma com'è che Mimì non viniva ancora fora?

Montalbano s'obbligò a carmarisi. Se non lo vidiva carmo, Fazio non l'avrebbi mai lassato.

«Facemo 'na cosa» proponì. «Trasemoci tutti e dù».

«Nonsi».

«Ma cerca di raggiunari!».

«Se ci devi annare uno, ci vaio io» dissi arresoluto Fazio.

A Montalbano, per un momento, parse di essiri in un'opira lirica, quanno il coro canta «Andiamo, Andiam» e nisciuno si catamina.

Fu allura che dalla folla si livò un *oh* di maraviglia. Il commissario e Fazio si votaro a taliare.

Di 'n mezzo al fumo era vinuto fora un negro che tiniva tra le vrazza a 'n autro negro. E da indove arrivavano tutti 'sti negri?

Po' Montalbano accapì. Erano Augello e Trupia, l'operaio salvato, arridduciuti accussì per il fumo. La folla scoppiò in un applauso.

«È intossicato dal fumo e ha una gamba rotta» gridò Augello.

Squasi 'n risposta, si sintì la sirena della prima ambulanza che stava arrivanno.

E subito appresso, squasi fusse 'na pillicula miricana, il resto del magazzino crollò.

Mancava sulo la musica di sottofondo.

«Vada ad abbracciare il dottor Augello!» 'ntimò un cameraman a Montalbano mentri che l'inquatrava.

«Abbrazzatillo tu!» ribattì il commissario.

Po' parlò tanticchia con Fazio, appresso annò da Gallo e gli dissi:

«Accompagnami subito 'n trattoria, masannò chiuino e io resto tutta la jornata a digiuno».

Tre

'N funno 'n funno, lo scoppio aviva fatto cchiù spavento che danno, nel senso che non aviva provocato la stragi che potiva fari e di conseguenzia Montalbano si sintì 'n doviri di festeggiari dovutamenti l'avvenimento non risparmiannosi nenti di quello che la trattoria offriva.

Al momento che, bono pasciuto, stava per niscirisinni, gli s'avvicinò Calogero, il propietario.

«Dottore, m'ascusasse. Per la sira di Capodanno priparo 'na cena spiciali per i nostri clienti. E quanno dico spiciali significa spiciali. Se vossia non avi nenti di meglio da fari...».

Ora macari Calogero ci si mittiva? Ma che smania gli era vinuta a tutti d'avirlo con loro la notti di Capodanno?

«Grazie, ma ho già un impegno».

Proprio sulla porta si sintì chiamari dal colonnello 'n pinsioni Strazzeri, uno che non dava confidenzia a nisciuno e che stava assittato 'mpettito al solito tavolino vicino alla trasuta.

«Mi dica, colonnello».

«Volevo invitarla a passare con noi, l'Associazione Reduci, la notte di Capodanno. Sa, organizziamo sempre una bella festa con danze, gare di ballo, esibizioni d'arte varia dei nostri soci...».

Bih, che grannissima camurria! Puro i reduci lo vinivano a 'nzunzuniari?

Manco se i reduci si rimittivano 'n divisa e lo minazzavano con l'armi avrebbi arrenunziato all'arancini.

«Grazie, colonnello. Se me l'avesse detto prima, ben volentieri! Ma ho ricevuto un invito...».

A mittiri 'n sicurizza da novi crolli il resto del magazzino e a livari il matriali che non era esploso ma che potiva provocari 'na secunna splosioni, i vigili del foco ci misiro fino alle dù di doppopranzo.

Sicché Montalbano potì aviri 'n commissariato a Santino, ai dù operai e alle dù guardie comunali sulo alle quattro.

Il commissario voliva appurari come era capitato l'incidenti che per fortuna non aviva fatto morti ma sulo un ferito che ora s'attrovava allo spitali di Montelusa.

Erano prisenti macari Augello, l'eroe del jorno, e Fazio. Per prime, fici trasire nel sò ufficio alle dù guardie comunali.

«Come mai voi due vi trovavate lì?».

Arrispunnì il cchiù anziano, un cinquantino pilato che aviva i gradi di appuntato.

«Eravamo andati a fare un normale controllo nel magazzino».

"E a farivi dari il rigalo annuali" pinsò maligno Montalbano.

«Avete trovato irregolarità?» spiò 'nveci.

«Nessunissima. Avevamo finito e stavamo avviandoci verso la porta quando ho sentito prima qualcuno che gridava da fuori, poi Santino che urlava a tutti di scappare».

«Ha capito qualcosa di quello che gridavano da fuori?».

«Sinceramente non...».

«Io sì» dissi l'autra guardia. «Ho sentito distintamente questa frase in dialetto: "Santino, chista cuntaccilla a tò compari!". E subito dopo Santino si è messo a gridare».

«Un momento. Si rende conto che lei mi sta dicendo che non si è trattato di uno scoppio accidentale ma provocato a bella posta?».

«Certo che me ne rendo conto».

«È disposto a ripeterlo davanti al giudice?».

«Non ho problemi».

Montalbano fici mettiri a virbali, dissi ai dichiaranti di firmarli e po' passò a 'nterrogari ai dù operai.

Uno addichiarò che aviva sintuto sulo a Santino che gridava di corriri fora e accussì aviva fatto, l'autro dissi che gli era parso che, un momento prima che Santino si mittiva a fari voci, qualichiduno l'aviva chiamato da fora.

Il commissario fici mettiri macari 'ste dichiarazioni a virbali e po' ordinò di fari trasire a Santino Larocca.

Il quali, se al momento dell'incidenti e subito appresso aviva addimostrato di possidiri energia, controllo e prisenza di spirito, ora che tutto era finuto le forzi l'avivano abbannunato, lassannolo apatico e squasi 'ndiffirenti.

«Signor Larocca, non c'è dubbio che le cinque persone che si trovavano nel suo magazzino debbano a lei la vita».

«Eh già».

«Mi può raccontare tutto per ordine?».

«Io... io avivo salutato alle dù guardie e stavo rimittenno a posto i registri quanno qualichiduno mi chiamò da fora».

«Da dove veniva esattamente la voce?».

«Dalla finestra che c'è allato a quella parti del magazzino che servi come diposito e che era aperta. Sintennomi chiamari per nomi, taliai verso 'sta finestra».

«Sentì le altre parole che l'uomo disse?».

«Nonsi».

«Come mai?».

«Pirchì vitti volari 'na cosa attraverso la finestra, 'na cosa ghittata da fora che annò a cadiri proprio supra al deposito dei botti. E faciva fumo. Allura accapii il periglio e mi misi a fari voci».

«Dunque lei non conosce la frase che l'uomo le gridò?».

«Nonsi».

«Una delle due guardie l'ha sentita e gliela riferisco: "Santino, chista cuntaccilla a tò compari!". Ce la può spiegare?».

Larocca pariva confuso e 'mparpagliato.

«E che significa?» spiò.

«Lei ha un compare?».

«Sì».

«Chi è?».

«Si chiama Gasparino Lodato. Avi un nigozio di tissuti. Ma non capiscio che ci trase lui con...».

Montalbano si sintì aggilari.

Barreca aviva fatto la granni rumorata che aviva promittuto nell'urtima tilefonata.

Mittute a verbali macari le dichiarazioni di Santino, Montalbano lo salutò e ristò con Augello e Fazio.

«È chiaro» dissi Augello «che si tratta di un avvertimento mafioso trasvirsali. Il messaggio è diretto al compari di Santino. A 'sto Lodato io lo convocherei e...».

«Ti spiego io come sta la facenna» fici Montalbano.

E arrifirì la storia che gli aviva contato Fazio patre. E macari il suggerimento che lui gli aviva dato.

«Però c'è un problema» dissi Mimì. «Ed è che 'sto Barreca è capaci della qualunqui e abbisogna fari qualichi cosa subito. Io penso che dovremmo mettiri sutta protezioni, jorno e notti, l'abitazioni di Lodato. Ma senza che lo stisso Lodato, dato che è accussì scantato, ne sappia nenti».

«Sugno d'accordo» fici Montalbano. «Non avemo autro da fari. Fazio, pensa tu ai turni ad accomenzare da subito. Ora tilefono al quistori e vio se mi può dari cinque minuti».

«Quello che mi ha riferito mi sembra di una gravità eccezionale» dissi il quistori. «Credo che sia necessario, stando così le cose, non perdere tempo e aggirare la burocrazia. Ora stesso telefono al giudice perché autorizzi il controllo telefonico senza che ci sia nessuna denunzia preventiva dell'interessato. Dirò che è una richiesta urgentissima della squadra Catturandi».

«Mi scusi, signor questore, avrei un'altra richiesta da farle. Vorrei proporre il mio vice, il dottor Domenico Augello, per un encomio solenne o qualcosa di simile».

«Che ha fatto?».

Montalbano glielo dissi.

«Se lo merita. Provvederò».

«La ringrazio, signor questore».
«Ci vediamo domattina per gli auguri».

Arrivanno 'n commissariato attrovò a Fazio patre. Pariva, ed era, sconsolato.

«Dottore, con Gasparino parlai. Lo stavo quasi convincenno a fari la dinunzia, quanno sò compari Santino gli tilefonò contannogli pirchì gli avivano fatto satare il magazzino. Gasparino ha accapito subito che si trattava di Barreca e si è talmenti attirrito che gli è vinuta la frevi. La dinunzia non la fa manco morto».

«Di 'sta dinunzia non 'nni avemo cchiù bisogno».

E gli arrifirì la decisioni del quistori. E po' spiò:

«Quanno Barreca tilefona, come si comportano?».

«Appena che arraccanoscino la sò voci, o accapiscino che si tratta di un amiciuzzo di Barreca, attaccano subito».

«Tu devi diri a Gasparino che la prossima vota che Barreca tilefona, Anita gli devi dari corda».

«E pirchì?».

«A Gasparino dici che è per tinirlo tanticchia bono, mentri 'nveci 'na tilefonata longa può sirviri all'intercettatori per stabilirini la provinienza. Se avemo la fortuna d'arrinesciri a sapiri da indove tilefona, è fottuto al novanta per cento».

A Marinella, dato che faciva friddo e non era cosa di stari nella verandina, addecidì di mangiarisi quello che gli aviva priparato Adelina, ossia milanciane alla parmigiana e po' gamberetti tenneri tenneri conzati con sali, oglio e limoni, assittato davanti alla tilevisioni.

Era l'ura del notiziario di «Televigàta». Il quali si raprì con le immagini del magazzino tanticchia doppo che era satato 'n aria.

La ripresa non era bona forsi a scascione del troppo fumo, po' si vidivano a lui e ad Augello che parlavano con Santino.

E subito appresso, c'era Augello che si mittiva a corriri verso il magazzino e vi scompariva dintra.

Saputo che un operaio era ancora dentro impossibilitato ad uscire, il vicecommissario Domenico Augello con generoso slancio e raro sprezzo del pericolo...

Doppo viniva 'na scena di certo 'ncomprensibili agli spittatori, nella quali s'ammostravano 'na serie di abbrazzamenti reciproci tra lui, Montalbano e Fazio. E siccome che il giornalista non diciva 'na parola di spiegazioni, la cosa stava tra la parodia di un balletto e la versioni comica di un incontro di lotta greco-romana.

'Na figura accussì ridicola da sprofunnare sutta terra per la vrigogna. Al commissario passò di colpo il pititto.

Subito doppo vinni 'nquatrato Augello che nisciva dal fumo tinenno 'n vrazzo l'operaio firuto.

La folla è scoppiata in un lungo e frenetico applauso per l'eroico...

Montalbano livò l'audio. Lo rimisi quanno vitti che viniva 'ntirvistata la cchiù picciotta delle dù guardie comunali.

Ho sentito una voce che da fuori del magazzino gridava a Santino di raccontare al suo compare...

Astutò, arraggiato. Dunqui, prima di contarlo a lui, la guardia l'aviva addirittura proclamato 'n tilevisioni!
Figurati ora la curiosità della genti! Di sicuro avrebbiro scoperto chi era il compari di Santino e quel poviro disgraziato di Gasparino forsi sarebbi stato costretto a chiuiri il nigozio e a cangiare aria.

Prima d'annarisi a corcare, s'ammaravigliò che Livia non l'aviva ancora chiamato. Fici lui il nummaro di Boccadasse, ma non ebbi risposta. Non sinni prioccupò, capace che era annata al ginematò con qualichi amica e po' erano ghiute a mangiare.
Si era appena stinnicchiato supra al letto che il

tilefono sonò. Pinsava fusse Livia e s'apprecipitò ad arrispunniri.

Era 'nveci l'avvocato Guttadauro, che si sapiva ligato a filo triplo con la famiglia mafiosa dei Sinagra. Ma che annava d'accordo macari con la famiglia rivali, i Cuffaro.

«Mi scuso per l'ora tarda, dottore, ma mi trovo con alcuni cari amici che mi hanno sollecitato a farle questa telefonata».

«Mi dica».

«Volevamo semplicemente congratularci con lei e con il suo vice dottor Augello per l'atto veramente eroico da lui compiuto stamattina».

Indove voliva annare a parare?

«Grazie, avvocato».

«Ci è giunta voce che lo scoppio è stato ordinato da un tale per ragioni, diciamo così, amorose. Risulta anche a lei?».

«Sì».

«Allora quell'uomo andrebbe abbattuto come un cane arrabbiato. Caro commissario, le porgo i più sinceri auguri per l'anno nuovo».

«Che ricambio. Buonanotte, avvocato».

'N paroli povire, la mafia gli aviva comunicato che abbannunava Barreca al sò distino, da quella parti non avrebbi avuto cchiù protezioni.

Quattro

All'indomani matina, 31 di dicembrio, s'arrisbigliò sintennosi d'umori squasi allegro. Forsi, anzi senza forsi, per il pinsero dell'arancini che si sarebbi mangiato 'n sirata. Doppo essiri passato dal commissariato per sapiri se c'erano novità, sinni partì per la quistura di Montelusa indove che ci sarebbi stata la cirimonia dello scangio d'auguri col signor quistori. Si portò appresso a Mimì Augello. Nel saloni c'erano tutti i funzionari e i dirigenti di polizia della provincia. Il quistori fici un brevi discorseddro, un brevi discorseddro fici il viciquistori Mandarà a nomi dei funzionari e po' si passò alle stringiute di mano.

Quanno arrivò il sò turno, a Montalbano il quistori dissi, 'nzemmula all'auguri, che gli era stato appena comunicato che il controllo tilefonico richiesto era già 'n funzioni. Po' si congratulò con Augello e gli accomunicò che aviva scrivuto al capo della polizia per rennìri effettiva la proposta di Montalbano. Augello, che non 'nni sapiva nenti, ringraziò il quistori e po' spiò al commissario:

«Che proposta facisti?».

«Ti ho proposto per un encomio sullenni».

Augello lo taliò tra lo sbalorduto e il commosso ma non dissi nenti.

Aviva un pedi dintra e un pedi fora dal commissariato che Catarella l'assugliò come un cani affamato.

«Maria, dottori! Maria, Maria! Quante e quante tante pirsoni che stamatina l'hanno circata uggentevoli per tilefono!».

«Vabbeni, carmati e dimmille 'n ordini».

«La prima a tilefonari fu la zita sò di lei, la signurina Livia. Appresso la chiamò Fazio patre del figlio. Doppo tilefonò daccapo novamenti di novo la zita sò di lei. Quindi il dottori Menenio Agrippa della quistura di Montilusa che però chiamò ora ora».

«Talè, Cataré, che 'sto signori non s'acchiama Menenio Agrippa, ma Eugenio Agrippa».

«Pirchì io come dissi?».

«Lassa perdiri. Chiamalo e passamillo».

Trasì nel sò ufficio che il tilefono squillava.

«Agrippa, mi cercavi?».

«Sì, appena la cerimonia è finita, mi hanno cercato dalle intercettazioni. Barreca ha chiamato alle 11 e 45. Sono riusciti a stabilire che la telefonata veniva da Sicudiana. Se la prossima volta lo tengo più a lungo al telefono, lo becchiamo».

Sicudiana era a picca chilometri da Vigàta, e questo viniva a significari che Barreca era perigliosamenti vicino.

Fazio patre del figlio gli arrifirì che Gasparino gli aviva ditto il continuto della tilefonata di Barreca alla quali aviva rispunnuto Anita. Prima l'omo si era abbannunato ad arricordarle i loro 'ncontri amorosi con uno sdilluvio d'oscenità, po' aviva concluso dannole 'na speci di ultimatum. Se entro il tri di ghinnaro la picciotta non si fossi addichiarata disponibili a raggiungirlo, lui le avrebbi ammazzato il patre.

Era chiaro che oramà Barreca non era cchiù capaci di controllarisi. Annava firmato prima possibbili. Ma come? Per urtima, chiamò a Livia.

«Perché ieri sera non mi hai telefonato?».

«Te l'avevo detto che non potevo più venire a Vigàta per il Capodanno a causa di un contrattempo, no?».

«Sì, me l'hai detto, ma non vedo...».

«Aspettavamo dei documenti che ritardavano ad arrivare e ai quali bisognava rispondere subito. Invece, per un miracolo, i documenti sono arrivati ieri pomeriggio».

«Mi fa piacere, ma...».

«Aspetta. Allora ho chiesto al capufficio di poter fare uno straordinario notturno. Me l'ha concesso. Ho lavorato fino alle tre di notte. Stamattina alle otto ero di nuovo in ufficio. Quindi...».

Si firmò.

«Quindi?».
«Non capisci?».
«No».
O forsi capiva, e macari capiva benissimo, e 'ntravidiva l'orrendo futuro 'mmidiato, ma voliva con tutte le sò forzi arrefutarisi di capiri.
«Quindi sarò a Palermo col volo delle 20. Che è stato?».
«Cosa?».
«Ho sentito come un fortissimo scoppio».
«Io no. Sarà stato un disturbo sulla linea».
Possibbili che il gigantisco santione muto che gli era esploso dintra si fusse trasformato in onda sonora?
«Vieni a prendermi, mi raccomando. Sono così felice di poter passare la notte di Capodanno con te!».
Montalbano 'ntanto era sprofunnato nella mutangheria.
«Pronto? Pronto?».
«Sono qua».
«E tu non sei contento?».
«Da schiattare» dissi Montalbano.
Il sottofondo musicali che distintamenti sintiva che gli sonava 'n testa era 'na lenta e sdisolata marcia funebri, si sarebbi potuta benissimo 'ntitolari: «Requiem per l'arancini defunti».

«Ti volevo sinceramenti ringraziari» fici Augello trasenno.

Montalbano scattò come a 'na vestia arraggiata.

«Tuppia prima di trasire! Minchia! E po' non è il momento di scassarimi i cabasisi!».

«Scusa» dissi Augello scomparenno.

Doppo tanticchia tuppiaro alla porta. Non arrispunnì. Rituppiaro. Sinni ristò muto. La porta vinni rapruta e comparse Fazio.

«Mi scusasse, dottore, ma...».

«Te l'ho ditto di trasire?».

«No, ma...».

«E se non te l'ho ditto, pirchì sei trasuto?».

«Mi scusasse» fici Fazio scomparenno macari lui.

E che cavolo! Non gli davano manco il tempo di elaborari il lutto 'n solitudini.

Po', passata 'na mezzorata, tilefonò ad Adelina per darle la notizia che il Capodanno l'avrebbi passato con Livia.

«Contento vossia...» fici grevia Adelina.

Arrivò a Punta Raisi con un'ura e passa di ritardo pirchì la machina si era firmata per fagliánza di benzina ed era stato salvato da 'na pattuglia della stratali. Durante il viaggio aviva giurato sullennementi di fari tutto quello che addicidiva Livia, senza la minima discussioni, masannò, e di questo 'nni era cchiù che sicuro, sarebbi finuta a schifìo.

«Dove andiamo?».

«Sai, caro, aspettandoti, ho letto il giornale di

qua. Ho visto che in un ristorante vicino a Vigàta c'è un cenone curioso, un cenone mascherato».

«Ma non abbiamo i costumi!».

«Non si tratta di un cenone in costume, solo mascherato. Ti vendono all'ingresso una maschera a tua scelta, che però è obbligatoria».

«Ma come si fa a mangiare con la maschera?».

«Pare che siano disegnate in modo tale che non diano fastidio. Dai, sono curiosa. Ci andiamo? Oltretutto ho letto che ci saranno anche gli arancini, quelli che piacciono a te».

'Na fitta al cori. Quegli abominevoli supplì che sarebbiro stati spacciati per arancini gli avrebbiro arricordato per tutta la sirata il paradiso pirduto. Ma aviva giurato sottomissione assoluta. Sospirò, allargò le vrazza, rassignato.

«Forse bisognerebbe prenotare...».

«Già fatto» dissi Livia filici e contenta.

E puro stavota il commissario attrovò la forza di non reagiri.

Arrivaro alla «Forchetta», accussì s'acchiamava il ristoranti proprio sutta al castello di Sicudiana, che erano l'unnici. Il parcheggio era stipato di machine.

«Ci sono rimaste solo maschere di Minnie e di Topolino» fici l'omo che stava darrè al banconi davanti all'ingresso. «C'è il pienone».

Si misiro le maschiri, trasero. S'attrovaro dintra a 'na speci di magazzino di ciriali di cui né i festoni di carta colorata che si 'ntricciavano nel soffitto, né i lampatari a braccio che sporgivano dalle pareti, arriniscivano ad ammucciare l'originaria distinazioni d'uso. Un cammareri li guidò sino al tavolo prenotato da Livia, 'n mezzo a un frastono assordanti di voci e di risati. Per fortuna era allocato non in centro, ma vicino alla porta posteriori di nisciuta. Non c'era un tavolo libbiro, da ogni parti decine di Topolino, Minnie, Pluto, Clarabella, Paperino si stavano abbuffanno. Faciva un càvudo da sauna. L'aria era accussì densa dell'odori ammiscati delle varie portate che faciva passare il pititto. Nel tavolo cchiù vicino a loro, conzato per tri pirsone, c'era assittato un omo sulo che 'ndossava la maschira di Pluto. Si stava vivenno un bicchieri di vino, per mangiari forsi aspittava l'arrivo dell'autri dù pirsone.

«Troppo tardi per cenare» dissi Livia. «E se ordinassimo qualche arancino? Vedo che ne hanno tanti già pronti a quel tavolo laggiù. E c'è una fila di gente che si serve da sola».

«Come vuoi tu» fici Montalbano oramà privo di volontà propia.

Ma non c'era verso di attirari l'attinzioni di un cammareri per quanto Montalbano sinni stessi mezzo susuto tinenno isato un vrazzo 'n aria.

E fu accussì che vitti all'omo del tavolino allato nel priciso momento nel quali si livava la maschira di Pluto per asciucarisi di prescia la facci sudata. L'omo ristò senza maschira per qualichi secunno, ma al commissario abbastò. Quell'omo era, senza che potissi essirici dubbio, Antonio Barreca. E nell'istisso istanti che l'arraccanosciva, 'na grannissima carma calò supra di lui e seppi lucitamenti quello che doviva fari. Posò 'na mano supra a quella di Livia, gliela carizzò.

«Grazie per avermi portato qua».

«Davvero ti piace?» spiò Livia 'ncredula. E po' continuò: «Dammi il piatto. Vado a fare la fila e a prendere gli arancini».

Si susì, s'avviò e il commissario le gridò:

«Vado in macchina a prendere le sigarette!».

Si susì tranquillamenti e niscì fora dalla porta che aviva a tri passi. Si misi a corriri, arrivò alla sò machina, pigliò il revorbaro che tiniva sempri nel vano del cruscotto, si rimisi a corriri verso l'ingresso principali indove c'erano dù tilefoni a muro. Per fortuna aviva quattro gettoni 'n sacchetta. I tilefoni erano libbiri e chiuttosto appartati. Ci volli squasi un quarto d'ura per aviri 'n linia ad Agrippa, il capo della Catturandi. Gli spiegò la situazioni.

«Montalbano, non fare colpi di testa. Tra dieci minuti siamo lì».

Sempri correnno, tornò narrè e ritrasì dalla porta dalla quali era nisciuto. S'assittò, Livia era a tri quarti della fila. S'addrumò 'na sicaretta. Barreca continuava a viviri e taliava spisso il ralogio. A un certo momento un altoparlanti dissi:

«Il signor Salvatore Manzella è desiderato al telefono».

Barreca si susì, s'avviò verso la cassa. Il casseri gli pruì la cornetta. Barreca ascutò senza parlari, ridetti la cornetta al casseri e sinni tornò al tavolo. Ma non s'assittò. Si pigliò il pacchetto di sicarette e l'accendino che aviva lassati supra al tavolino, se li misi 'n sacchetta, si mosse verso la porta vicina.

Sinni stava ghienno!

Evidentementi i sò amici gli avivano fatto sapiri che non sarebbiro vinuti. Montalbano accapì che se gli dava la possibilità d'arrivari al parcheggio non avrebbi cchiù avuto modo d'agguantarlo.

Si susì di scatto, gli annò appresso. Barreca si stava 'nfilanno un giacconi, po' niscì fora. Si livò la maschira ghittannola 'n terra. Montalbano 'nveci la sò maschira se la isò supra alla testa. Non c'era anima criata.

Il commissario cavò il revorbaro, avanzò di un passo e primitti con forza la vucca dell'arma contro la schina dell'omo.

«Se fai una minima reazione t'ammazzo come un

cane. Cammina lentamente» dissi con voci carma, squasi senza 'spressioni.

Barreca era ristato di petra, tanto che Montalbano dovitti ammuttarlo con l'arma.

«Vai verso l'entrata del posteggio».

Barreca aviva le gamme rigide, ancora non si era arripigliato dalla sorpresa.

Non avivano fatto deci metri che arrivaro dù machine della polizia. Da una scinnì di cursa Agrippa, revorbaro 'n pugno. Appresso a lui, otto agenti coi mitra spianati che pigliaro 'n consigna a Barreca.

«Minchia! Ma come hai fatto?» spiò Agrippa tra l'ammirato e lo sbalorduto.

«Te lo conto domani».

Si calò la maschira, si misi a corriri verso la trasuta posteriori.

Al tavolo c'era già Livia con l'arancini che lo taliò malamenti.

«Ho sentito il bisogno di un po' d'aria» s'aggiustificò assittannosi.

Pigliò 'n arancino, ci detti 'n'addintata pricauzionali, po' 'na secunna, 'na terza... Miracolo! Squasi non cridiva a quello che gli diciva il palato.

«Ma lo sai che non sono niente male?» dissi a Livia.

Che gli sorridì, filici.

La calza della befana

Uno

Stava caminanno supra a 'na stratuzza di paìsi stritta stritta, lorda di munnizza, indove che tutte le porte e le finestri delle case erano, va' a sapiri pirchì, 'nserrate. 'Na decina di passi davanti a lui, procidiva 'na fìmmina anziana, malamenti vistuta, la gonna tutta spirtusata, le quasette sciddricate fino all'osso pizziddro. Ai pedi aviva un paro di vecchi scarponi d'omo che le rinnivano difficoltosa la caminata. Nel dari il passo era accussì traballera che doviva ogni tanto sorriggirisi appuianno 'na mano al muro. Il commissario la sorpassò, ma subito appresso sintì 'na botta di pena per quella povira vecchia. Si misi 'na mano 'n sacchetta, tirò fora un biglietto di deci euro, si votò per pruirglielo, ma si firmò 'ngiarmato ristanno con il vrazzo tiso.

La vecchia aviva per un momento sollivato la facci verso di lui.

«Livia!».

Quella raprì la vucca ammostranno dù o tri denti gialluti, l'autri le erano evidentementi caduti.

«Ciao» fici.

Montalbano era oramà appricipitato in uno scanto spavintuso; ma pirchì Livia si era arriduciuta accussì? E se iddra, che era sempri stata 'na beddra fìmmina aliganti, era addivintata 'na vecchia pizzenti, figuriamoci come si era arriduciuto lui! Attrovò la forza di spiari:

«Livia, ma per l'amor di Dio, che ti è successo?».

«Colpa tua» fici la fìmmina accentuanno quella speci di ghigno che a Montalbano scotiva le viscere.

«Colpa mia!?».

«Sì. Perché tu una volta, nei tuoi pensieri, dopo un litigio, mi hai chiamato "vecchia befana"!».

S'addifinnì.

«No, Livia, non è vero, io non l'ho mai pensato e anche se l'avessi fatto, come può un pensiero...».

«Eh no, mio caro. Non lo sai che le idee possono diventare realtà? E ora lasciami andare che ho fretta».

Allungò un vrazzo, lo scostò e ripigliò a caminare. Montalbano ristò 'mmobili, fermo, 'ncapaci squasi di respirari, assammarato di sudori.

«Livia!» gridò. E fu la sò stissa voci ad arrisbigliarlo.

Maria che sogno laido!

Sintì subitanea la nicissità di susirisi e annarisi a 'nfilari sutta alla doccia. Lassò l'acqua scorriri a longo e finalmenti l'urtima 'mmagini del sogno gli scomparì dalla menti. Mentri che s'asciucava s'arricordò che era il sei di ghinnaro: il jorno della bifana. Ecco pirchì aviva fatto quel sogno 'mpapucchiato! Dalle persiane della sò càmmara di letto aviva già 'ntraviduto il celo di una bella jornata fridda ma chiara, eppercò s'appricipitò a rapriri la porta-finestra della verandina. E l'occhio subito gli cadì supra al tavolino nel quali stava 'na speci di tubbo di lana colorata che po' accapì essiri 'na quasetta accussì china che s'era diformata per quello che c'era dintra. Subito appresso notò l'angolo di 'na busta che sporgiva da sutta alla quasetta. La pigliò, ci stava scrivuto: *per Salvo*, la raprì:

Caro Salvo,
Livia mi ha pregato di recapitarti questa calzetta.
La Befana.

Pigliato dalla curiosità, sciogliì lo spaco che tiniva chiuiuta la quasetta, ci 'nfilò 'na mano, pigliò qualichi cosa di duro che era avvolgiuto in un foglio di carta di jornali, lo sfilò, lo scartò: era un pezzo di cravoni. A uno a uno, ne cavò fora vinticinco pezzi cchiù o meno granni. L'urtimo 'nvolto continiva un cioccolatino. 'Nveci di pigliarisilla a ridiri, l'assugliò 'na botta di raggia. Trasì, s'appricipitò al tilefono, chiamò a Livia, l'aggridì:

«E che sugno, un picciliddro tinto che mi mannasti a tutto 'sto cravoni?».

«Cerca di parlare in italiano altrimenti non capisco niente».

«Hai capito benissimo» fici Montalbano «la Befana...».

«Dai Salvo, era solo uno scherzo. Ho chiesto a Beba di portarti la calza... Se te la prendi così vorrà dire che hai il carbone bagnato...».

«Senti, è inutile continuare a litigare, volevo solo farti sapere che il tuo scherzo, se così si può chiamare, non mi ha divertito affatto. Ciao e buona giornata».

Data e considerata la fistività, non avrebbi avuto l'obbligo di annare 'n ufficio, però pinsò che almeno 'na tilefonata sarebbi stata dovirosa. Gli arrispunnì 'na voci scanosciuta. Vuoi vidiri che aviva sbagliato nummaro?

«Chi parla?».

«Montalbano sono».

«Ah, mi scusi commissario. Sono l'agente Scotton. Sostituisco il collega Catarella che si è infortunato».

L'accento veneto di Scotton gli sonava strammo all'oricchi.

«Ci sono novità?».

«Nessuna, dottore».

«Levami una curiosità: che è successo a Catarella?».

«Non glielo saprei dire con precisione. Pare che si sia rotto una gamba».

Riattaccò, e dato che aviva da tambasiare, chiamò a Catarella.

«Che ti successi?».

«Maria, che onoranza a sintirla al tilefono! Maria, che piaciri! Dottori, che anuri che mi sta facenno...».

«Lassa perdiri e cuntami che ti capitò».

«Dottori, siccome che aio un niputeddro, Niria, di cinco anni che è figlio di una soro mè la quali che si maritò con Anfuso 'Gnazio detto Cocorito, il quali travaglia vicino al molo...».

Montalbano lo 'nterrompì.

«Catarè, dimmi quello che ti è capitato e basta».

«E non ce lo stava dicenno? Donchi mi vinni 'n testa stamatina alle sett'arbe di vistirimi di fìmmina come a 'na bafana e purtari un rigaluzzo a chisto niputeddro mè. Siccome che non voliva arrisbigliari a nisciuno e siccome che vitti che la finestra della cucina era raputa, volli trasiri dalla suddetta finestra. Senonché il pedi mancino mi 'ncispicò e io cadii dintra alla cucina facenno un burdello spavintoso. S'arrisbigliò tutta la famiglia, e io m'arritrovai con la gamma mancina rutta senza potirimi cataminari e allura mi portaro allo spitali indove che il dottori Giarrusso, il quali che mi dissi di salutarla, addicidì d'ingissarimilla. E la sapi la cosa cchiù spavintusa di tutta 'sta facenna?».

«No, dimmilla».

«Fu che mè nipuleddro Niria, arraccanoscennomi, si misi a chiangiri dicenno che allura la sudditta bafana non esistiva».

«Quanno ti dimettono dallo spitali?».

«Dottori, quistioni di dù o tri jorni, po' con la stampella pozzu veniri 'n ufficio a travagliare».

«Auguri».

E ora? Che fari? S'attrovava davanti 'na jornata libbiro e senza 'mpigni. Fu a 'sto punto che gli tornò a menti che proprio il dottor Giarrusso gli aviva contato che nei paraggi di Monte Cofano ci stava un ristoranti che faciva uno dei meglio cuscus di tutta la Sicilia. E pirchì no? Gli parsi d'arricordari che s'acchiamava con un nomi di fìmmina. Qual era? Ci pinsò supra tanticchia, po' gli tornò alla menti, circò il nummaro e tilefonò. Gli arrispunnero che non ci stava un posto libbiro. Montalbano 'nsistì e il cammareri gli dissi che era tutto prinotato da sittimane ma di lassari il sò tilefono che se qualichiduno avissi disdetto all'urtimo momento l'avrebbiro acchiamato. Il commissario glielo dittò avenno comunqui già abbannunato ogni spranza. Annò a vidiri se Adelina gli aviva pircaso priparato qualichi cosa: nel frigorifiro nenti e nel forno macari. Nella cucina non c'era ùmmira di cosi da mangiare, fatta cizzione per 'na scatoleddra di torroncini nisseni che gli avivano mannato per Natali.

Addicidì di farisi 'n'autra cicaronata di cafè. Appena pronta, se la misi sul vassoio per vivirisilla sulla verandina quanno il tilefono sonò.

'Na voci fimminina gli dissi che al ristoranti gli avivano attrovato un tavolineddro alla trasuta della cucina.

«Per me va benissimo».

«Il suo nome, prego».

«Salvo Montalbano».

«Il commissario?».

«Sì».

«Eh no» fici la voci fimminina «allora cercherò di sistemarla meglio».

«No, per carità! Il posto vicino alla cucina mi sta benissimo».

Per le deci era pronto a partire. Si misi 'n machina e doppo tanticchia che marciava accomenzò a traversari paisaggi maravigliosi e diserti: montagne ora bianche, ora giallastre, ora 'ntere, ora svintrate. Cave di màrmaro abbannunate che facivano uno scinario assolutamenti lunari, squasi sdisulanti, se non fusse stato per la linia azzurra del mari che si 'ntravidiva darrè e che dava 'na spranza che qualichiduno da ddrà sarebbi un jorno o l'autro sbarcato e che avrebbi fatto rinasciri a 'sti terre.

Il cuscus era digno della sò fama ma la cammarera che glielo sirvì era squasi meglio del cuscus. Gli dissi che s'acchiamava Suleima e che a malgrado il nome sotico viniva dal nord. A Montalbano vinni 'n testa di proponirle di fari 'na passiata a ripa di mari, alla fini della mangiata. Ma subito appresso dovitti scancillarisi il pinsero dalla testa pirchì trasì nel ristoranti un omo chiuttosto picciotto che abbrazzò e vasò a Suleima come per fare accapiri a tutti che quella era roba sò.

Po' l'omo s'addiriggì con la mano tisa verso il tavolo del commissario:

«Piacere. Ho saputo che lei oggi sarebbe venuto qui a mangiare e non ho voluto perdere l'occasione di conoscerla. Sono Saverio Lamanna e mi è successo di doverle qualche volta rubare il mestiere».

Montalbano lo taliò 'mparpagliato.

«Sa, mio malgrado mi sono ritrovato a risolvere alcuni casi misteriosi».

Montalbano si nni ristò muto. Si scantava che si trattassi di uno di quei fanatici appassiunati di cronaca nìvura. Lamanna, futtennosinni del silenzio del commissario, continuò:

«Si figuri che proprio stamattina il commendator Zicari, che forse lei conosce perché abita a Vigàta, mi ha telefonato chiedendo il mio aiuto, ma io purtroppo non...».

Allura Montalbano sempri ristannosinni muto detti 'na taliata minazzevoli all'omo e po' ripigliò a mangiare. Quello già gli aviva mannato all'aria la passiata con Suleima, non si sarebbi fatto arruinari macari la mangiata!

Lamanna accapì la sisiata, si scusò e si nni trasì 'n cucina.

"Omo 'ntelligenti" pinsò Montalbano.

Doppo la passiata a mari che gli sirvì per affruntari meglio il viaggio di ritorno, si rimisi 'n machina e se la fici a lento a lento, godennosi ogni àrbolo, ogni pianta, ogni casuzza che vidiva.

Il cuscus doviva essiri stato fatto a regola d'arti pirchì quanno s'attrovò di novo a Marinella che erano le sei del doppopranzo, sintì che aviva addiggiruto tutto. Annò supra alla verandina a taliare al sò amico piscatori che stava tiranno la varca a ripa.

«Totò, che pigliasti?».

«Scarsa fu la befana: quattro sgombri sulamenti. Si voli ci l'arrigalo che a la mè casa sunno picca assà per nuautri».

«Grazii».

Totò s'avvicinò coi quattro pisci 'n mano.

«Dottori, si pirmitti, vaio 'n cucina, ci li pulizìo e ci li mitto 'n frigorifiro».

«Grazii» fici novamenti Montalbano.

Quanno che Totò tornò, il commissario gli spiò: «Te la fumi 'na sicaretta con mia?».

«Volanteri» fici l'omo assittannosi allato a lui.

Stettiro tanticchia 'n silenzio a fumari, po' Totò dissi:

«La sapi 'na cosa, staio pinsanno di vinnirimi la varca».

Fu 'na cosa stramma, pirchì Montalbano da quelle parole si sintì trubbato come se gli avissiro ditto che 'na parti del sò paisaggio cchiù intimo e pirsonali sarebbi scomparuta.

«E pirchì Totò?».

«Dottò, ogni nisciuta si fa sempri cchiù nuttata persa e figlia fìmmina. I pisci non stanno cchiù vicini alla ripa, ogni jorno che passa si nni vanno sempri cchiù a largo. Tutto 'sto bello mari che avemo davanti è addivintato sulo un rifiuto di fogna e nuautri manco nni nn'addunamo». Aviva finuto di fumari, pruì la mano al commissario e s'alluntanò sconsulato.

Fu in quel priciso momento che il tilefono squillò.

Due

Si susì di malavoglia per annari ad arrispunniri: si scantava di 'n'autra azzuffatina con Livia. 'Nveci era 'na voci masculina scanosciuta.

«Pronto, casa Montalbano?».

«Sì, chi parla?».

«Sono Guglielmo Zicari».

E cu minchia era? Montalbano si nni ristò muto.

«Sicuramente le ha parlato di me stamattina l'amico Lamanna».

Bih, che camurria!

«Scusi» fici brusco «ma chi le ha dato il mio telefono?».

«Il gestore del ristorante» e si firmò.

Vuoi vidiri che 'sto cuscus non sarebbi stato accussì facili a diggiriri come gli era paruto!

«Senta» tagliò Montalbano. «Ho degli amici a cena e sono molto...».

L'autro lo 'nterrompì:

«Solo pochi secondi. Mi trovo in una situazione assai delicata».

«E allora la aspetto domattina in commissariato».
«Eh no!» fici Zicari. «Il busillisi è questo. Vorrei parlare con lei privatamente, non in modo ufficiale. Vede, non vorrei che la gente si mettesse a fare supposizioni...».

A 'sto punto qualichi cosa scattò dintra a Montalbano che vinni assugliato dalla curiosità.

«Lei domattina alle otto potrebbe venire a casa mia?».

«Dove abita?».

Montalbano gli detti l'indirizzo. Zicari accomenzò 'na litania di ringrazio che il commissario troncò subito. Appresso chiamò a Fazio.

«Scusa se ti disturbo...».

«Nisciun disturbo dottore, anzi! Staio passanno la jornata senza aviri nenti a chiffari!».

«Tu l'accanosci a un certo Guglielmo Zicari?».

«S'arrifirisci a don Rorò?».

«Fazio, non lo saccio. Mi pari che sia un commendatori, un personaggio 'mportanti».

«Certo! Allora è iddro, don Rorò! Che voli sapiri?».

«Tutto quello che è possibili».

«'Na poco di cose le saccio già. Ma vidissi che è un discurso chiuttosto longo».

«E allura, te la senti di farimillo mentri che mangiamo 'nzemmula ccà?».

«Certo. Arrivo».

Quanno che attaccò il tilefono, gli vinni 'n menti che 'n casa non c'era nenti. Arrisolvì che appena arrivava Fazio e doppo che gli avrebbi contato quello che gli doviva contari si nni sarebbiro annati a mangiare in qualichi trattoria.

«Mi sbagliai a 'nvitariti, 'n casa non aio nenti».
«Dottore, non c'è problema, in 'sti jorni di festa aio sbafato a tinchitè».
«Vabbeni, allora facemonni un bicchieri di vino».
«Si ci l'avi lo prifiriscio bianco».
Montalbano annò 'n cucina, raprì il frigorifiro e s'attrovò davanti ai quattro sgombri di Totò. Per il sì o per il no, pigliò il piatto, la buttiglia di vino e li portò nella verandina.
«Mi sbagliai, m'ero scurdato che aio 'sti quattro sgombri frischi frischi».
A malgrado le mangiate fatte, Fazio taliò i pisci sgriddranno l'occhi.
«Che maraviglia! La sapi qual è la morte degli sgombri?» spiò Fazio.
«Arrostuti».
«Esattamenti, e io li saccio fari boni assà. Vossia ci l'avi 'na stigghiola?».
«Certo! Vattilla a pigliari in cucina».
Fazio annò e tornò con la griglia 'n mano.
«Chista è pirfetta. L'avi tanticchia d'addrauro?».

«Sì, te lo vaio a pigliari darrè la casa».

«Mi portassi puro 'na buttiglia con l'oglio e 'na picca di sali».

Quanno Montalbano tornò con il matriali addimannato, attrovò che Fazio, propio davanti alla verandina, aviva costruito con quattro petri 'na speci di cufularu e stava addritta a contemplari l'opira fatta con una taliata però dubitosa.

«Che c'è?».

«Dottore, mi scurdai 'u meglio: la carvoneddra».

A Montalbano che già sintiva il sapori del pisci nella sò vucca, cadero le vrazza. Ma po' tutto 'nzemmula gli tornò a menti la quasetta. Corrì 'n cucina, pigliò il cato della munnizza e lo detti a Fazio.

«Come mai avi tutto 'sto cravoni?».

«Me lo portò la bifana».

Doppo 'na decina di minuti i quattro sgombri sulla stigghiola mannavano un sciauro che arricriava le nasche. Montalbano conzò la tavola, e un quarto d'ura appresso s'attrovaro assittati pronti a mangiare.

«Allura» fici Fazio «ci accomenzo a contari di don Rorò».

«No, parlari ora sarebbe 'na biastemia, 'n'infamità!».

Alla fini Fazio sconzò lui la tavola mentri che Montalbano annava a pigliari la buttiglia di whisky e dù bicchieri.

«Io continuerebbi col vino» fici Fazio e finalmenti accomenzò a parlari. «Don Rorò è un sessantacinchino che l'anni se li porta bono. Sò patre, che fu uno dei cchiù 'mportanti propietari di magazzini di sùrfaro di Vigàta, gli lassò 'na bella eredità ma don Rorò, avenno accaputo che quel comercio stava per finiri, raprì un cimentificio che vinnitti poi alla Montecatini guadagnannoci assà. Po' principiò a trasiri come socio di maggioranza in dù o tri flabbiche di maduna della provincia. Si maritò che era ancora picciotto, aviva sì e no vinticinco anni, con la signura Ersilia Crapanzano, di Butera, macari iddra con una bella doti, e ebbiro dù figli mascoli. Attilio e Paolo sunno ora maritati e accussì don Rorò è addivintato nonno di quattro nipoti, tri mascoli e 'na fìmmina che s'acchiamano...».

«Senti» lo 'nterrompì Montalbano «chiste sunno chiacchieri e tabaccheri di ligno. Annamo alla sustanzia: cu è 'sto don Rorò?».

«Dottore, la sustanzia è che a picca a picca, Zicari è arrinisciuto ad aviri le mano 'n pasta in tantissimi affari che vanno dalla costruzioni del novo scalo d'alaggio, alla produzioni di racina da vino. Politica ne ha fatta scarsa o almeno l'ha fatta sempri tinennosi un passo narrè a tutti».

«Ha avuto rapporti con la mafia?».

«Non arresultano».

«Avi vizi?».

«Non arresultano» arripitì Fazio.

«Quindi omo specchiato è?».

«Accussì pari» e po' spiò: «Ci pozzo fari 'na dimanna?».

«Falla».

«Pirchì si 'ntiressa tanto a don Rorò?».

«Pirchì mi tilefonò e mi dissi che s'attrovava in una posizioni sdillicata e che voliva parlarimi 'n privato. Veni dumani a matino ccà, all'otto».

E 'nfatti all'otto spaccati il campanello di casa sonò.

Vista e considerata l'importanzia del pirsonaggio, Montalbano aviva arritinuto doviroso di farisi attrovari vistuto persino con la giacchetta. Raprì la porta e davanti s'attrovò a 'n omo grassotteddro con 'na facci simpatica, di media artizza, i capilli tutti bianchi, il sorriseddro che si era stampato 'n facci era aperto e cordiali, ma Montalbano 'ntravitti 'na certa prioccupazioni nel funno dei sò occhi.

La machina della quali don Rorò si era sirvuto era 'na cincocento chiuttosto scassata e Montalbano nni ristò tanticchia sdilluso. Si sarebbi aspittato 'n'atomobili cchiù 'mponenti. Squasi che avissi liggiuto nella sò testa don Rorò dissi:

«Sa, per non dare nell'occhio, me la sono fatta prestare da mio figlio...».

Si stringero la mano. Montalbano lo fici trasire.

«Le dispiace se ci sediamo nella verandina? È una così bella giornata».

«Ma s'immagini!» fici don Rorò.

Il commissario lo fici accomidare, gli spiò se voliva un cafè, quello dissi che nni aviva già pigliati tri e che gli abbastavano e supirchiavano. Però si vidiva chiaro che a don Rorò pisava assà accomenzare a parlare. Montalbano gli detti 'n ammuttuneddru.

«Sono a sua disposizione, mi dica».

Prima di rapriri vucca don Rorò si fici 'na longa suspirata.

«Innanzitutto dovrei dirle di me: io ho sessantotto anni e sono...».

Montalbano lo 'nterrompì.

«Mi scusi commendatore, di lei so abbastanza. Vada pure al punto».

Don Rorò accomenzò a parlare senza taliarlo 'n facci, con l'occhi vasci, fissi supra al tavolino.

«Sono un padre di famiglia. Ho una moglie, due figli e quattro meravigliosi nipoti. Ma purtroppo...» e ccà si firmò. «Faccio fatica ad andare avanti, mi scusi. Quello che devo dirle è molto gravoso per me...».

«Guardi» fici Montalbano «lei mi ha chiesto un colloquio privato e io ho acconsentito. Tutto quello che mi dirà resterà tra noi due. Le do la mia parola d'onore».

«Tre anni fa» accomenzò con evidenti sforzo don Rorò «'ncontrai pircaso a Serena, 'na brava picciotta vinticinchina, beddra assà, e, m'affrunto a dirlo, mi n'innamurai».

«Succedi» fici il commissario, isanno l'occhi al celo a 'ncoraggiarlo.

«'Sta picciotta orfana, che non avi nisciuno al munno, s'attaccò a mia 'mmidiatamenti. Per potirinni vidiri ammucciuni, le accattai 'na casuzza 'n campagna bastevolmenti vicina alla mè villa. Crio che fino a 'sto momento nisciuno sapi della nostra relazioni. Ma aieri matina capitò 'na cosa 'ncredibili».

E ccà si firmò.

«Non ce la faccio proprio ad andare avanti, mi scusi. Non avrebbe qualcosa di forte?».

«Certo» fici Montalbano «le va un po' di whisky?».

«Credo di sì».

Montalbano si susì e tornò con la buttiglia e, dato che c'era, dù bicchieri.

Don Rorò si nni vippi dù dita come se fusse acqua frisca.

«Dato il jorno della bifana, avivo arreunito tutta la mè famiglia nella villa di campagna. All'otto di aieri matina doppo che i mè nipoteddri avivano attrovato le quasette, mi nni niscii e annai nella casa di Serena. Serena da 'na simana si nni era ghiuta a Caltanissetta da 'n'amica, e sarebbi tornata propio nella nuttata della bifana. Deve sapiri dottore che io, la sira avanti, ero annato da lei e le avivo lassato sutta al cuscino del letto 'na quasetta di picciliddro che continiva cose duci e 'na scatulina con un aneddro della gioielleria Pintacuda di Montelusa che m'era costato 'na bella cifra. Appena che la matina arrivai da Serena, la picciotta m'abbrazzò, mi vasò, mi contò dei jorni passati fora e continuava a parlari senza fari però cenno della quasetta coi regali che le avivo lassato. A un certo momento non mi tenni cchiù e glielo spiai apertamenti: "Che ti portò la bifana?". Lei mi taliò 'mparpagliata. "Nenti" mi dissi. Io strammai. "Come nenti? Taliasti sutta al cuscino del letto?". "No" fici Serena. "Annamo 'nzemmula nella càmmara di dormiri". Lei sollivò prima il cuscino dalla sò latata, non c'era nenti, poi sollivò l'autro e macari ccà non c'era nenti. "Ma che avrei dovuto trovare?" mi spiò. E io glielo dissi. E allora nni misimo a circari tra le lenzola, le coperte, supra al letto, sutta al letto, allato ai commodini... A fargliela brevi, dottori mio, misimo la casa suttasupra. La quasetta col rigalo era sparuta».

Montalbano gli fici 'na dimanna d'obbligo:

«Lei ha qualche sospetto?».

«Se avessi qualche sospetto non sarei qui a disturbarla».

«Va bene» concludì il commissario. «Mi dia indirizzo e numero di telefono della signorina Serena».

«Pirchì?» fici allarmato il commendatori.

«Perché voglio interrogarla».

«E che bisogno avi se io le cuntai tutto quello che c'era da cuntare?».

Montalbano si sintì girare i cabasisi.

«Commendatore, sia chiaro, sono io a stabilire quello che mi serve o no per l'indagine».

Tre

A 'ste paroli il commendatori non ribattì.
Con un'espressioni avviluta, cavò dalla sacchetta un pezzo di carta e ci scrissi supra un nummaro taliannosi torno torno come se qualichiduno lo stava spianno, e po' lo consignò al commissario, il quali l'intascò e si susì.

«Le farò avere presto notizie» fici pruiennogli la mano.

«Mi raccomando alla sua discrezione» dissi il commendatori.

Montalbano l'accompagnò alla porta e po' s'annò a livari la giacchetta di rapprisintanza, si misi il giubbotto suttavrazzo e si nni annò 'n commissariato.

Appena trasuto si fici mannari a Fazio, che arrivò sparato e s'assittò davanti alla scrivania.

«Che ci dissi il commendatori?».

Montalbano gli fici un resoconto dittagliato e po', piglianno il pizzino dalla sacchetta, dissi a Fazio di circari di sapiri cchiù cose che potiva supra a 'sta Serena.

«Quanto tempo aio?» spiò.

«Sulo stamatina. Quanno m'arricampo 'n commissariato, doppo mangiato, ti voglio trovare già ccà».

Fazio però ristò assittato.

«Che ti passa per la testa?» gli addimannò Montalbano.

«Dottore, stando al punto che gli fici il commendatori, le ipotesi sunno minimo minimo tri».

«Dicimille».

«In primisi potemo supponiri che la picciotta attrovò la bifana e, va' a sapiri pirchì, non ci volli dari sodisfazioni al sò amanti. In secunnisi capace che qualichiduno vidennu la casa vacanti ci trasì e si futtì il rigalo e 'nfini l'urtima ipotesi fa il paro con la prima».

Montalbano non accapì.

«Spiegati meglio».

«Vali a diri che il commendatori non fici nisciun rigalo di bifana alla picciotta, pirchì macari in 'sto momento faglia a grana, o pirchì semplicementi se lo scurdò».

«E se le cose stanno come dici tu, mi spieghi la scascione per la quali il commendatori avrebbi fatto tutto 'sto gran virivirì?».

Fazio si nni stetti tanticchia muto, po' fici:

«Ma allura vossia chi nni pensa?».

«Nenti. Accomenzerò a pinsari sulo quanno m'avrai ditto quello che c'è da diri».

Fazio si nni niscì e doppo picca macari lui si susì e annò a mittirisi 'n machina diretto a Montelusa.

Arrivato davanti alla gioielleria Pintacuda, tintò di rapriri la porta ma non ci arriniscì; evidentementi si scantavano di qualichi rapina. Sonò il campanello e gli vinni a rapriri un picciotteddro trintino aliganti assà.

«Si accomodi».

Montalbano trasì. C'era quella mezza luci da cappella mortuaria, che va' a sapiri pirchì, è tipica delle gioiellerie di lusso.

«Vorrei parlare con il signor Pintacuda».

«È nel suo ufficio ma non so se è libero. Chi devo annunciare?».

«Il commissario Montalbano».

Prima di nesciri il picciotto detti 'na taliata all'autro commisso che da quel momento 'n po' non lo persi d'occhio.

«Mi segua» fici il primo tornanno.

Montalbano lo secutò e vinni 'ntrodotto nell'ufficio di Pintacuda. Era un sissantino con la testa liscia come a 'na palla di bigliardo, occhiali d'oro fora tempo e 'na panza che faciva spavento.

«S'accomodi commissario» fici Pintacuda accompagnannolo verso 'na commoda poltruna. Lui s'assittò supra a quella allato.

«Arrivo subito al dunque» fici Montalbano. «Il commendator Guglielmo Zicari deve essere venuto qualche giorno fa a comprare un anello...».

«Ehm... ehm» fici Pintacuda raschiannosi il cannarozzo.

Montalbano lo taliò 'mparpagliato.

«Scusi, che significa?».

«Vede, commissario, noi siamo un po'... ehm ehm... come dire... tenuti al segreto... come i preti... capisce?».

«No».

«Ecco, certe cose avvengono qui come in confessionale. Non vorrei tradire... come dire... che dire...».

«Senta, lei non tradisce nulla! Non mi venga a parlare di segreto confessionale. Mi faccia piuttosto vedere la ricevuta dell'acquisto dell'anello!».

«Va bene, va bene» s'arrinnì Pintacuda «che cosa vuole sapere?».

«Voglio sapere il costo dell'anello, e la sua descrizione esatta».

«Se è per questo posso darle una foto».

Si susì, annò a un cascione, sfogliò un album, pigliò 'na fotografia e la detti al commissario che se la misi 'n sacchetta.

«E il costo?».

«Ha un prezzo piuttosto elevato, ma non elevatissimo».

«Che vuol dire? Quanto vale l'anello che mi sta mostrando?».

«Intorno ai quarantamila euro».

«Grazie, lei è stato molto utile» fici Montalbano niscenno dall'ufficio e addiriggennosi verso l'uscita della gioielleria accompagnato da Pintacuda.

Mentri che si stavano danno la mano, il commissario dissi:

«Oddio, stavo dimenticando. Mi dà per favore una copia della ricevuta d'acquisto dell'anello?».

Di colpo Pintacuda addivintò giarno 'n facci.

«Ehm... ehm».

«Facciamo così: le do tempo fino a oggi pomeriggio per cercarla. Passerò io o un mio collega della finanza a ritirarla» tagliò Montalbano niscenno fora.

'N machina pinsò che di certo Pintacuda quella ricevuta non ce l'aviva e che aviva fatto bono a farlo cacari di sutta.

D'altronde in Italia i comercianti pinsavano da sempri che il dinaro in nìvuro era un loro diritto. Ma non sulo loro, macari i profissori che danno lezioni private, gli psicologi che curano l'anima dell'òmini, gli artisti che si fanno pagari migliara di euro suttabanco, e po' l'idraulico, il falegnami, lo scarparo. 'Nzumma qualisisiasi categoria annava a toccare, la musica era sempri la stissa. No, no, l'Italia non era funnata sul travaglio, come dici la Costituzioni, ma sull'evasioni e relativa lamintia.

Assittannosi, Fazio allargò le vrazza e scotì la testa sdisolato.

«Spiegati a parole».

«Dottore mio» accomenzò Fazio «io il doviri mè lo fici, spiai a dritta e a manca, a cani e a porci, e alla fini supra a 'sta picciotta non arrisulta nenti di nenti. Certo, ogni tanto va a Palermo per dari qualichi esami ma ci resta il minimo 'ndispensabili, e cchiù spisso va ad attrovari a 'n'amica a Caltanissetta, la maggior parti del tempo si nni resta nel villino ad aspittari le visite del commendatori».

«C'è qualichi cosa che le piaci fari: chi saccio, palestra, cinema, teatro?...».

«Nenti, si nni sta a casa e si talia la tilevisioni. Un vero pirtuso nell'acqua. L'unica cosa che ci pozzo diri è che aio il nomi, il nummaro e l'indirizzo dell'amica sò di Caltanissetta».

Si taliaro 'n facci, muti. Fazio ripigliò la parola:

«Sempri cchiù mi vaio pirsuadenno che forsi 'st'aneddro non è stato mai accattato».

«E ccà ti sbagli. Sugno stato alla gioielleria Pintacuda indove che mi confirmaro ogni cosa».

«Allura non resta che l'ipotesi di un latro casuali. E ora mi scusassi, mi nni vaio pirchì aio 'na poco di cosi da fari».

Un latro casuali. Pirchì no?
Gli vinni di fari 'na pinsata. Pigliò la cornetta del tilefono diretto, dato che non voliva passari per il centralino, e fici un nummaro. Arrispunnì Pasqualino, il figlio della cammarera Adelina, clienti bituali del càrzaro di Montelusa.

«Dottori, mi dicissi, a disposizioni».
«Pasqualì, aio bisogno di parlariti».
«'N commissariato?».
«Sì».
«Tra deci minuti sugno nni vossia».

«Dottori, dottori, ci sarebbi che c'è in loco il figlio malacarne della sò cammarera che vorrebbi...».
Montalbano lo 'nterrompì.
«Fallo passare».
«Buongiorno dottori!» fici Pasqualino trasenno.
«Chiui la porta e veni ad assittariti».
Pasqualino eseguì.
«Aio bisogno di un favori» attaccò il commissario.
«Tutto quello che pozzo fari!».
«L'informazioni che ti addimanno è chista: indove che si va ad arrivinniri la robba arrobbata?».
Pasqualino arrispunnì subito.
«Dottori, la facenna va in chisto modo: se il latro arrobba argintiria, pusati, chi saccio, computer e robba simili, ci sta 'na pirsona. Se il latro 'nve-

ci arrobba cosi minuti ma di granni valori, allura la pirsona è 'n'autra».

«A mia 'ntiressa la secunna. Il latro arrubbò 'n aneddro. Potresti 'nformariti si qualichiduno sta cercanno di vinnirisi 'n aneddro accussì?». 'Nfilò la mano 'n sacchetta e tirò fora la fotografia che gli aviva dato Pintacuda. Pasqualino la taliò attentamenti e la ridetti al commissario.

«Dumani a matino ci pozzu dari 'na risposta» dissi susennosi.

Subito appresso, chiamò a Serena.

«Il commissario Montalbano sono».

«Piaciri» fici 'na voci frisca di picciotta. «Rorò mi ha avvisato di una sua possibile telefonata».

«Avrei bisogno di scambiare qualche parola con lei».

«Non c'è problema».

«Sì, ma preferirei che non fosse presente il commendatore».

«Se ha urgenza di parlarmi può venire anche adesso. Rorò passerà dopo cena. Ha l'indirizzo?».

«Sì. Tra mezz'ora sarò da lei».

La prima cosa che l'ammaravigliò niscenno fora dalla machina fu il jardino della villetta, che macari tanto villetta non era.

Montalbano si firmò a contemplarlo: tutto il muretto torno torno alla villa era completamenti cummigliato di sciuri, i cui colori avivano le gradazioni dell'arcobaleno. Violetti splapiti che da 'na latata addivintavano rosa, e dall'autra blu, i gialli che si scangiavano in arancioni, e sutta il virdi cchiù rigoglioso. Quanno sonò, gli si raprì il cancello e s'arritrovò davanti a un cammino di rosi sarbaggie niche niche e sciaurose che s'arrampicavano squasi a formari 'na speci di galliria che finiva al portoni della villa. Trasenno dintra si 'ntravidivano vialetti che avivano sempri rosi di diverso colori e di diversa grannizza.

Quanno si raprì la porta ebbi la secunna maraviglia. Si era aspittato di trovarisi davanti a 'na picciotta beddra ma non vistosa, e 'nveci Serena pariva la cchiù appariscenti di tutti quei sciuri.

Àvuta, capilli longhi e scuri scuri, vistuta con 'na speci di vistaglietta di garza, che vistaglietta non doviva essiri, portava dei tacchi àvuti ma tutto l'insieme ristava dintra ai limiti di una squasi naturali aliganzia, senza nisciuna volgarità.

«Si accomodi» fici con un sorriso cordiali trasenno 'n casa. E Montalbano secutannola si fici pirsuaso che la casa era arridata con grannissimo gusto e relativo costo. Lo fici accomidare in salotto.

«Le posso offire qualcosa?».

Montalbano arrefutò. La picciotta gli si assittò davanti e dissi con semplicità:

«Mi domandi tutto quello che vuole».

Quattro

Il commissario trasì subito 'n argomento.

«Il commendatore mi ha raccontato tutto fin nei minimi particolari. Ora, le va di dirmi la sua versione?».

La picciotta raprì la vucca e la chiuì subito. Taliò il commissario e po' dissi 'na cosa che lo surprinnì assà.

«Credo che la colpa di tutto sia mia. Ma non ho osato confessarlo a Rorò».

«Lo dica a me».

La picciotta continuò a taliarlo senza parlari.

«Le assicuro che quello che mi dirà resterà tra queste mura» fici il commissario.

«Credo che le cose siano andate così. Quella mattina, appena entrata in casa, mi sono levata il cappotto e l'ho buttato sul letto. Poi sono andata in bagno a darmi una rilavata. E qui ho realizzato che a Caltanissetta non avevo avuto il tempo di comprare qualcosa per ricambiare l'immancabile regalo di Rorò che ero certa di trovare. Allora sono tornata in camera da letto, ho preso in fretta e furia il cappotto e sono di nuovo uscita nella speranza di trovare qualche negozio aperto. Ecco, la mia ipotesi è questa: che io non mi sia accorta della piccola calzetta che c'era sul letto. E questa, probabilmente, si è impigliata al cappotto che ho indossato solo in macchina. Quindi è possibile che mi sia caduta in strada e che qualcuno se ne sia impossessato. Non trovo altre spiegazioni».

«Dunque» fici Montalbano. «Secondo lei non ci sarebbe più alcun bisogno di continuare l'indagine? Mi levi una curiosità, come mai a Caltanissetta non ha avuto il tempo di prendere un regalo al commendatore?».

«La mia amica Rosa è molto malata, vado spesso a trovarla per farle compagnia e quasi mai usciamo di casa».

«A proposito di rose» fici il commissario sorridenno «e mi perdoni la divagazione, ma questi fiori meravigliosi li cura lei personalmente?».

«No. Ogni giorno viene Enrico».

«Il giardiniere?».

La picciotta fici un sorriso.

«Non solo è il giardiniere, è anche il custode della villa di Rorò, un ragazzo di sua assoluta fiducia».

«La ringrazio» dissi Montalbano congidannosi. «Le farò avere notizie».

La picciotta lo accompagnò sino alla porta con

un grannissimo sorriso sulle labbra e gli stringì la mano per salutarlo.

Trasuto 'n machina misi 'n moto e s'allontanò tanticchia dalla villetta, po' quando fu fora di vista si firmò. Aviva bisogno di raggiunari supra alle paroli che gli aviva ditto la picciotta. La spiegazioni che lei dava supra alla scomparsa dell'anello avrebbi filato alla pirfezioni e lui se la sarebbi potuta agliuttiri senza difficoltà se non fossi stato che si arricordava pirfettamenti di quello che gli aviva contato don Rorò. Cchiù e cchiù vote nel conto del commendatori era stato sottolineato il fatto che la quasetta, con la scatoletta dintra, era stata mittuta sutta al cuscino della picciotta. E, quando lei aviva sollivato il cuscino, non aviva attrovato nenti. Ora, se era vero com'era vero, che il rigalo era stato mittuto sutta e non supra, come si spiegava che si era 'mpigliato nel cappotto? E c'era 'n'autra cosa da calcolari: che la picciotta non osava dirlo al commendatori. E faciva bono a non diriccillo, pirchì don Rorò l'avrebbi 'mmidiatamenti smentita. Chisto arrapprisintava un punto 'ntirrogativo talmenti granni da fare pensare che tutta la facenna dell'impigliamento nel cappotto era 'na pura e semplici 'nvenzioni di Serena. Allura se le cosi stavano accussì, forsi abbisognava che il punto di partenza dell'indagini fossi cchiù lontano dalla villetta e da Vigàta stissa. Taliò il ralogio, erano le sei e mezza, forsi a quest'ura sarebbi stato troppo tardo per annari ad attrovari all'amica di Serena a Caltanissetta epperciò si nni tornò 'n commissariato.

Era appena trasuto nel sò ufficio quanno il tilefono squillò.
«Dottori, ci sarebbi che c'è supra alla linia quello sdilinquenti di...».
«Passamillo... dimmi, Pasqualì».
«Dottori, io fici le dimanne che doviva fari e la risposta fu che quella merci a cui vossia è 'ntirissato piccamora non è 'n circolazioni, ma può darisi che domani o doppo la situazioni cangia. Appena che vegno a sapiri qualichi cosa ce la comunico».
Montalbano ringraziò e attaccò.
Dunque l'aneddro non era stato mittuto ancora in vendita, il che stava a significari che non si trattava dell'arrubbatina di un latro comuni, pirchì chisto avrebbi avuto il massimo 'ntiressi di sbarazzarisi subito della refurtiva. E allora chi potiva essiri un latro non comuni?
Pigliò il tilefono e convocò a Fazio.
Quanno l'ebbi davanti gli arrifirì l'incontro con la picciotta e la sò spiegazioni. Fazio pigliò a volo la contraddizioni.

«Mi scusassi, ma vossia non mi aviva ditto che il commendatori aviva mittuto il regalo sutta al cuscino?».

«Bravo, hai 'nzertato subito».

«E quindi che facemo?».

«Te lo dico io: dumani a matino nni videmo ccà alle novi e subito dopo facemo un sàvuto a Caltanissetta ad attrovari l'amica di Serena, forsi nni sapi chiossà di nuautri».

Quanno trasì nella sò casa, attrovò supra al tavolo della cucina un pizzino di Adelina:

«Datosi che sunno jornate fistevoli, ci appreparai 'na bella sorprisa».

Montalbano sintì sonari le campani dintra alla sò testa.

Nel frigorifiro non c'era nenti, s'appricipitò al forno, lo raprì, fici dù passi narrè per contemplari meglio quello che c'era dintra, pirchì non cridiva ai sò occhi: sei arancini, ognuno dei quali era cchiù grosso di un arancio grosso. Gli vinni squasi di 'nginocchiarisi davanti al forno.

A malgrado che facissi tanticchia di frisco, conzò supra alla verandina, pirchì pinsava che il sciauro dell'acqua di mari gli avrebbi aperto le nasche per sintiri meglio l'autro sciauro miraviglioso: quello dell'arancini. Nni pigliò uno 'n mano e, tiranno fora la lingua, liccò la superfici per sintiri com'era vinuta la frittura. Perfetta. Si misi l'arancino tra i denti ma non li stringì, voliva priprararisi meglio l'arma e il corpo prima di sintiri dintra alla vucca e nel palato quel mangiari di paradiso.

Stava per dari il muzzicuni quanno squillò il tilefono. Si bloccò, sicuramenti era Livia. Arrispunniri 'nterrompenno il gesto opuro continuari? Addicidì di continuari, tanto Livia avrebbi avuto tutto il tempo che voliva per richiamari.

Al quarto arancino il tilefono squillò novamenti ma lui continuò a fari finta di nenti. E doppo che si ebbi vivuto un bicchierozzo di vino sintì la nicissità di farisi 'na longa passiata digestiva a ripa di mari e quanno tornò a la casa era sicuro che il tilefono non avrebbi cchiù squillato epperciò si nni annò a corcari.

All'indomani matina alle novi spaccate, frisco che pariva 'na rosa s'apprisintò 'n commissariato, sulla porta vinni firmato da Fazio.

«Dottore, annamo con la sò machina o con la mè?».

«Con la tò».

Ci misiro picca per arrivari a Caltanissetta. Non c'era squasi traffico. Fazio si firmò a un distributori, si 'nformò di come si faciva ad arrivari nella strata indove che bitava Rosa di Marco, e doppo cinco minuti parcheggiava davanti al 91 di via

Imre Nagy. Vittiro dal citofono che la picciotta bitava al secunno piano. Il portoni però era rapruto, perciò trasero e si ficiro le scale a pedi. Po' Fazio sonò il campanello della bitazioni. Vinni a rapriri 'na picciotta bruna della stissa età di Serena, benincarni, pasciuta, la pelli rosea che sprizzava bona saluti da ogni pirtùso. Taliò 'ntirrogativa i dù senza fari nisciuna dimanna.

«La signorina Rosa di Marco?» spiò il commissario.

«Sono io» fici lei. «Che desiderano?».

"Ma non era accussì malata da non potirisi manco cataminari dal letto?" pinsò il commissario.

«Siamo della polizia» dissi Montalbano.

A quella parola, la picciotta aggiarniò.

«Pirchì? Che fu? Che voliti?».

«Ci lasci entrare, per favore».

La picciotta si fici di lato, trasero. La secutaro in una speci di salottino, s'assittaro. Montalbano addicidì di jocari di laido mittenno subito 'n difficoltà a Rosa.

«Sono il commissario Montalbano e questo è l'ispettore Fazio. Desidero che lei risponda con precisione ad alcune mie domande».

«Me... me le faccia» tartagliò la picciotta, che stava chiaramenti tra lo scantato e l'imparpagliato.

«Da quanto tempo si è rimessa in salute?».

«Che... che... che significa?».

«Siccome la sua amica Serena ci ha detto che stava malissimo, voglio sapere da quanto tempo...».
«Ma io non...».
«Lei non è mai stata malata, vero?».
La picciotta non arrispunnì.
«Allora, le faccio una premessa, noi siamo qui in veste ufficiale perché nella villa dove abita la sua amica è stato commesso un furto. Ne sa qualcosa? E stia attenta per favore a quello che dice, perché può essere accusata di complicità. Sono stato chiaro?».
La picciotta non sulo addivintò giarna ma accomenzò a trimari. Montalbano ne ebbi squasi pena, però doviva fari il sò mesteri e lo fici.
«Se lei non ci dice cosa viene a fare qui la sua amica, mi dispiace ma sarò costretto a portarla con me in commissariato».
La picciotta si misi a chiangiri e sulo allura Montalbano s'addunò del vaso di sciuri che era supra al tavolineddro. Le stisse identiche rose del jardino di Serena. Come se fossiro firmate. E tutto fu chiaro.

Appena che si rimisiro 'n machina per tornarisinni a Vigàta, Fazio spiò:
«Voli che annamo nni Serena?».
«Ci 'nzertasti» fici Montalbano «pensa che a chist'ura Rosa è attaccata al tilefono per 'nformari la

sò amica della nostra visita e di tutto quello che nni contò».

E 'nfatti Serena li stava aspittanno davanti al portoni della sò villetta. Non pariva per nenti prioccupata. Appena che li vitti nesciri dalla machina dissi sempri sorridenno:

«Accomodatevi» e po', annanno verso il salottino, aggiungì: «Rosa mi ha raccontato tutto. Posso offrirvi un caffè? L'ho già preparato».

«Grazie».

Scomparì per un attimo e tornò con 'na guantera, dù tazze di cafè e lo zuccaro. Posò tutto sul tavolino e dissi:

«Ora sapete tutto. Permettetemi un attimo».

Niscì dalla càmmara e tornò con una scatola di scarpi. La posò allato alla guantera, la raprì. Montalbano e Fazio taliaro e strammaro pirchì la scatola era china di gioielli che si vidiva subito che erano di grannissimo valori: oricchini, collier, braccialetti. La picciotta 'nfilò dù dita dintra e tirò fora l'aneddro che era stato arrubbato.

«Eccolo qui. Nessuno l'ha mai preso. È sempre stato dentro questa scatola. Tra due giorni, io lascerò questa villa, che ho già messo in vendita, portandomi dietro i regali di Rorò che permetteranno a me e Enrico di vivere abbastanza tranquillamente per un po' di anni. Finalmente smetterò di fare la puttana. L'unica cosa che vi chiedo è di non informare Rorò di questa mia intenzione».

Va' a sapiri pirchì e va' a sapiri per como, Montalbano sintì 'na grannissima simpatia per la picciotta.

«Lei quindi» concludì Serena «non ha nessuna ragione per proseguire l'indagine perché non è stato commesso nessun reato».

Montalbano si susì. Fazio fici lo stesso. Il commissario pruì la mano alla picciotta e quando questa gliela stringì se la portò alle labbra.

«Bona fortuna» dissi.

Il figlio del sindaco

In genere, la scoperta di ogni ammazzatina viniva comunicata a Montalbano alle sett'albe con le paroli di Catarella, già difficili ad accapirsi nel corso della jornata, vale a diri quanno uno s'attrovava in condizioni di normali lucidità, figurarsi in stato di semicoma dovuto a 'mproviso arrisbigliamento. L'omicidio di Laura Sorrentino perciò s'appresentò anomalo fin dal principio, in primisi pirchì il commissario l'apprisi alle deci del matino e in secundisi pirchì lo vinni a sapiri non da Catarella, ma da colui che in seguito sarebbi stato accusato di essiri propio lui l'assassino della picciotta. La facenna accomenzò mentri Montalbano era arrivato a mettiri la centesima firma a carte fatte sulo per aumentari il giro privo di senso del delirio burocratico.

«Dottori, ci sarebbi che c'è un picciotto che di nomi fa Nasca il quali che voli parlaricci di pirsona pirsonalmenti».

«È al telefono?».

«Sissi».

«Passamelo».

«Scusasse, dottori, ma non ce lo posso passari in quanto che trovasi al tilefono».

«Ma se è al telefono, perché non me lo puoi passare?!».

«In quanto che il suddetto Nasca trovasi a parlari al tilefono suo di lui, dottori! Sta parlanno nel suo di lui ciallulare!».

«Allora è qui?».

«Sissi, dottori, priciso davanti a mia è».

«Vabbene, quando ha finito, lo fai venire qua».

Manco dù minuti appresso, tuppiarono alla porta dell'ufficio e trasì un trentino biunno, àvuto, vistito bono, capilli in ordini, rasato, occhialuto, ariata seria. Aviva un corpo chiuttosto atletico, di frequentatore di palestre. Un casceri di banca? Un avvocato in carrera? Il segritario di un onorevoli?

«Si accomodi, signor Nasca».

«Tasca, mi chiamo Sergio Tasca».

E quanno mai Catarella ne aviva 'nzirtata una!

«Mi scusi, avevo capito male. Mi dica».

«Due ore fa sono rientrato da Milano, avevo lasciato la mia macchina al parcheggio dell'aeroporto, l'ho presa e...».

«Ci va spesso a Milano?».

L'altro s'ammostrò tanticchia sorpriso dalla dimanna. E infatti il commissario stisso manco accapì pirchì l'aviva fatta.

«Una volta al mese, sempre allo stesso giorno, il 25. E rientro la mattina del 26. Oggi infatti è il 26».

«Scusi, lei che fa?».

Stavota invece la dimanna era giustificata.

«Sono rappresentante unico per l'Isola della HB, sa, quella dei computer. Abbiamo una riunione mensile a Milano per aggiornamenti, nuove strategie di mercato, cose così».

Aviva sbagliato. Né casciere di banca né avvocato né portaborse, ma un giovane manager, di quelli che vengono fatti con lo stampino. Avrebbi dovuto addunarisinni subito. Invecchiava. Lo pigliò il nirbùso.

«Venga al dunque, per favore, ho poco tempo».

«Un momento e ci arrivo. Da sei mesi convivo con una ragazza, Laura Sorrentino, che è all'ultimo anno d'architettura. Abitiamo qua in via Pirandello al numero 16. È un villino a un piano, ci siamo solo noi. Già mentre venivo in auto, avevo capito che c'era qualcosa che non andava».

«In che senso?».

«Beh, ogni volta, appena atterro a Punta Raisi, chiamo Laura. Anche stamattina l'ho fatto, ma lei non ha risposto».

«L'ha chiamata sul cellulare o al telefono di casa?».

«A quello di casa. L'ho fatto squillare a lungo ma non c'è stata risposta. Quando sono arrivato, ho messo l'auto in garage e poi sono entrato in casa attraverso il giardinetto. Aperta la porta, ho fatto un passo in avanti, ho visto, ho capito quello che era successo e ho deciso di venire da lei. Ho richiuso a chiave ed eccomi qua».

«A chi stava telefonando ora, mentre aspettava d'essere ricevuto?».

«A mio padre per informarlo. È il sindaco di Montelusa».

Mala notizia! L'ex onorevoli Renato Tasca, segretario regionali del sò partito, docente universitario e architetto, aviva maniglie unnieghiè, nella maggioranza, nell'opposizioni, nelle televisioni, nei giornali, in Vaticano, in America, nei paìsi islamici... La cosa s'apprisintava china di rogna.

«E vuole avere la compiacenza di dirmi che ha visto quando ha aperto la porta?».

A Montalbano la voci monotona e chiatta del picciotto gli scotiva il sistema nirbùso.

«A Laura. Completamente nuda e tutta coperta di sangue. Morta».

A proposito di sangue. Ma ce ne aviva nelle vini quel picciotto? O era un pisci a sangue friddo? Aviva ditto d'aviri attrovato morta 'na decina di minuti avanti la sò convivente con lo stisso tono di chi dice: «Sa, commissario, io pensavo che mi veniva ad aprire vestita di verde invece si era messa il completino giallo».

«Come ha fatto a capire subito che era morta?».
«Si capisce benissimo, commissario».
E questo era vero.
Po' il picciotto tirò fora dalla sacchetta un mazzo di chiavi, gliele pruì:
«Se vuole andare a controllare...».
Controllare! Come se gli stava dicenno di annare a vidiri se aviva lassato il gas aperto!

Un'orata appresso davanti al villino a un piano di via Pirandello 16 c'erano giornalisti, operatori televisivi, i soliti curiosi che s'appricipitano sul posto di una ammazzatina come moschi supra la cacca. Dintra invece c'erano il dottor Pasquano, la Scientifica al gran completo, il pm Tommaseo che stava interroganno a Sergio Tasca nel salottino. Montalbano invece tambasiava talianno ora l'arredamento, che era di un certo gusto, ora i visititi di Laura nella càmmara di dormiri e nel bagno. Po' il dottor Pasquano fici portare via il catafero e Montalbano gli s'avvicinò.

«Doviva essiri stata beddra assà» fici Pasquano. «L'hanno scannata».

«Quand'è successo?».

«Approssimativamente? Direi verso le dieci di aieri a sira. O poco prima. Ma sentiamoci doppo l'autopsia».

«Le voglio parlare» disse il pm Tommaseo a

Montalbano. «Andiamo al commissariato. La seguo con la mia macchina».

E appena si fu assittato nell'ufficio, taliò al commissario con l'occhi spirdati.

«Ma ha visto che splendida ragazza che era?».

Quanno si trattava di belle fìmmine ammazzate, di storie passionali, di 'mbrogli amorosi, Tommaseo ci sguazzava, s'arricriava. Montalbano pinsava che si trattava di 'na speci di compensazione per il fatto che a Tommaseo non gli si accanosceva 'na storia con una fìmmina.

«Ho già una idea precisa» disse il pm.

Montalbano lo taliò alloccuto. Manco Sherlock Holmes.

«Essì, carissimo! M'è bastato parlare per un'oretta con quel Sergio Tasca! Ma ha visto che autocontrollo? Che padronanza di sé? Che lucidità direi spietata? Ma come?! Ti ammazzano la ragazza con la quale vivi e non batti ciglio? Non fai una piega? Non muovi un muscolo?».

«Non spargi una lacrima?» disse Montalbano tanto per aggiungere frase fatta a frase fatta.

«Esatto! Non sparge una lacrima! Ne conviene, Montalbano, che quella è la freddezza tipica dell'assassino? Lo metta sotto torchio!».

Siccome che si era fatto tardi, sinni annò a mangiare. Antipasto di mari, spaghetti al nìvuro di siccia e triglie di scoglio arrustute. Ma inveci di farisi la solita passiata digestivo-meditativa al molo, tornò in ufficio e si fici chiamare la sede centrale della HB a Milano. Furono gentili e precisi. Il jorno avanti c'era stata la riunioni mensili dei rappresentanti regionali. Era principiata alle deci del matino, pausa pranzo all'una, ripresa alle dù, fine dell'incontro alle diciassette. Sì, il dottor Sergio Tasca era stato sempri presenti. Grazie. Prego.

E questo non era un alibi. Se fossi stato confirmato dall'autopsia che Laura era stata ammazzata 'na mezzorata prima delle deci di sira, il dottor Sergio Tasca avrebbi avuto tutto il tempo per pigliari un aereo a Milano, arrivari a Vigàta, astutare la picciotta e tornarisinni a Milano per ripartire novamenti l'indomani a matino. Chiamò a Fazio e gli espose l'ipotesi.

«Controlla con l'orario degli aerei se la cosa è possibile. Io non li saccio leggiri, 'sti orari».

Po' chiamò a Sergio Tasca che sinni era ghiuto nella casa di sò patre a Montelusa e gli disse che l'aspittava per le cinque in commissariato.

«Certo, i tempi sunno stritti, ma il picciotto avrebbi potuto farcela. L'ultimo aereo per Roma parte a mezzanotti spaccata, e a Roma trova quello delle 0,15 che...» vinni a rifirirgli Fazio cinque minuti appresso.

«Non mi scassare i cabasisi con gli orari. Mi abbasta sapiri che la cosa è fattibile. Ah, senti, di questa Laura Sorrentino voglio sapiri vita, morti e miracoli entro stasira alle otto».

«Dottor Pasquano? Montalbano sono».
«E che non l'avevo capito? La sò fortuna è che da tre jorni non ci sono state ammazzatine epperciò ho potuto fari subito l'autopsia. Le dico tutto accussì non mi scassa cchiù i cabasisi. Dunque, quarantasette coltellate, di cui la prima, alla giugulare, è stata mortale. Le altre quarantasei sono servite da sfogo all'assassino che si è concentrato sul pube e sul seno. Chiaro? L'omicidio è sicuramente avvenuto verso le novi, la picciotta aviva mangiato ma non aviva accomenzato a digerire. Mi dispiaci per il dottor Tommaseo, ma, malgrado le apparenze, non è stata violentata e manco ci sono tracce di rapporti sessuali. Con ciò la saluto e sono».
«Aspetti un attimo! C'è stata colluttazione?».
«Ma che minchia di colluttazione voli che ci sia quanno uno per prima cosa ti tronca la giugulare? Quella è annata nello studio e l'assassino l'ha ammazzata al primo colpo».
«Che tipo di coltello?».
«Non si tratta di un vero e proprio coltello. Qualcosa di molto affilato e sottile. Un rasoio, una taglierina. Ah, me lo stavo scordando: era incinta».

Il cornuto si era lassato il grosso colpo di scena per il finale!

«Di due mesi» concluse Pasquano prevedenno la dimanna del commissario.

«Lei, Tasca, quand'era a Milano telefonava a Laura?».

«Sì, almeno tre volte. All'arrivo, durante la pausa pranzo e alla sera».

«Ieri sera le telefonò?».

«Certo. Alle 21. Laura mi disse che aveva un po' di mal di testa, che aveva cenato, che avrebbe guardato qualcosa alla televisione e poi sarebbe andata a dormire».

«Era tranquilla?».

«Tranquillissima. Normale».

«Come la chiamò? Dall'albergo? Col cellulare?».

«No, da un telefono pubblico. Non ero ancora andato in albergo e avevo il cellulare scarico».

«E lei che fece dopo la riunione?».

«Sono andato a cena e...».

«No, cominci dalle diciassette».

«Vedo che si è informato» fici Sergio con un sorriseddro. «Quindi dovrò dirle la verità. Sono andato a trovare un'amica. Ho cenato a casa sua. Verso le ventuno sono sceso per andare a comprare le sigarette e ne ho approfittato per telefonare a Laura. Poi sono risalito».

«Perché non ha telefonato dalla casa della sua amica?».

«Mi sarei sentito alquanto imbarazzato».

Papale papale. E bravo il dottor Tasca! Si era fatto l'amichetta milanisa!

«Ha dormito da lei?».

«Sì».

«La va a trovare ogni 25 del mese?».

«Sì. Da due anni, fatta eccezione di un'interruzione di qualche mese».

«Laura ne era al corrente?».

«No».

«Mi vuol dare i dati di questa sua amica?».

«Certo. Stella Ambrogini, via Sardegna 130. Il telefono è 02-456231. Potrà confermarle tutto. Alla conferenza stampa però ho detto che ho dormito in albergo».

Montalbano strammò e santiò.

«Ha tenuto una conferenza stampa?!».

«Beh, sì. Insistevano tanto... L'ho fatta a Montelusa, a casa di papà, prima di venire da lei».

«Scusi, ma suo padre c'era?».

«No, è a Roma. È partito ieri sera e torna stasera. Perché?».

«Perché non credo che suo padre avrebbe approvato. C'era almeno il suo avvocato?».

«No, perché avrebbe dovuto esserci?».

Ma quello si voliva scavari la fossa con le sò mano! Era totalmente scemo o ci faciva?

«Senta, con Laura... come andavano le cose?».
«Le volevo bene».

Con lo stisso tono di chi dice che al cani che gli è morto ci si era propio affezionato. Tanto che lo stisso Sergio si sintì in doviri di spiegare.

«Vede, commissario, dopo appena due mesi che Laura e io convivevamo, diventammo, come dire, buoni amici. Ci siamo accorti che avevamo preso un abbaglio reciproco, non c'era più trasporto, passione. Affetto, quello sì. Come un vento che cade all'improvviso. È stato così».

«Ho capito. E ne avete parlato fra di voi?».

«Certamente. Anche a lungo. Credo anzi, ma è una mia supposizione, badi, che nell'ultimo mese Laura, sentendosi sentimentalmente libera, abbia trovato un nuovo interesse».

«Cosa glielo ha fatto supporre?».

«Mah, un certo cambiamento... era tornata ad essere più allegra, più...».

«Era incinta di due mesi».

Montalbano, che spirava in una qualisisiasi reazioni, ristò sdilluso.

«Ah, sì? Non me l'aveva detto. Chissà se sono io il padre».

«Senta, quell'interruzione del suo rapporto con l'amica di Milano, del quale mi ha fatto cenno, quando successe?».

«Nei primi due mesi di convivenza con Laura».

«Lei ha idea di chi possa essere l'uomo verso il quale la ragazza mostrava, come dice lei, interesse?».

«Non ne ho la più pallida idea».

«Quando lei aprì la porta di casa... a proposito, era chiusa a chiave?».

«No, nessun giro di chiave».

«Notò segni d'effrazione?».

«No, non ce n'erano».

«Lei conferma di essere venuto direttamente in commissariato dopo la scoperta dell'omicidio?».

«Sì. Sono arrivato a Punta Raisi alle otto e dieci, alle nove e quaranta ero a Vigàta, alle dieci ero da lei in commissariato».

«C'impiega sempre un'ora e mezza dall'aeroporto a Vigàta?».

«Sì. Guido bene, sa? Naturalmente un'ora e mezzo se non incontro traffico».

«Va bene, per adesso basta. Vediamoci domani mattina alle...».

«Vorrei dirle che c'è una cosa che non mi torna».

«Me la dica».

«Laura si era messa nuda sulla scrivania dello studio. Ma non ho visto nessun indumento suo in quella stanza».

«Quando si metteva in libertà, cosa...».

«La mia giacca del pigiama che le stava lunga, ma alle nove di sera, quando è stata... sicuramente aveva fatto la doccia e se ne stava in accappatoio... un accappatoio bianco, di spugna. L'avete trovato?».

«Non so, m'informerò con la Scientifica».

Squillò il telefono. Era Tommaseo.

«Montalbano? Ho convocato Sergio Tasca per domattina alle nove. Viene anche lei?».

«Beh, veramente, avrei da...».

«Va bene, va bene. Gli ha parlato? L'ha torchiato? Ho scoperto come ha fatto, sa? È tutta una questione di orari d'aerei».

Perciò macari a Tommaseo era vinuta la stissa idea.

«Tasca è ancora qui davanti a me» fici il commissario.

«Ah, bene. Quando ha finito, mi riferisca».

Riattaccò.

«Era il pm Tommaseo, quello col quale ha parlato stamattina. L'aspetta domattina alle nove. Quando torna a casa da suo padre troverà la convocazione. Vuole un consiglio? Si cerchi un avvocato».

Appena che il picciotto fu nisciuto, s'attaccò al tilefono e contò tutto a Tommaseo.

«Bravo Montalbano, ora abbiamo il movente!».

«Quale?».

«Guardi, è semplicissimo! Tasca scopre che Laura è incinta, sa che non è stato lui e, folle di gelosia, la uccide. Piglia un aereo a Milano...».

«Questo l'abbiamo già detto. Ma ha un alibi che sicuramente la giovane milanese, Stella Ambrogini, confermerà».

«Cosa vuole che conti la parola di una squillo!».

«Chi glielo ha detto che l'Ambrogini è una squillo?».

«Il mio intuito».

Non c'erano santi, Tommaseo s'era amminchiato di futtiri a Sergio Tasca e l'avrebbi di certo fatto. Meglio tirarisinni fora.

«Senta, dottor Tommaseo, credo che lei stia facendo un grosso errore».

«Ah, sì?».

«Sì, non sono per niente d'accordo a concentrare le indagini solo su Sergio Tasca. C'è tutto un ventaglio di...».

«Se lei non è d'accordo, ne parlo immediatamente con il questore».

«Faccia come crede».

Erano le setti. Niscì dall'ufficio.

«Catarella, prima delle otto torno».

Si misi in machina e arrivato davanti al villino di via Pirandello parcheggiò e scinnì. In quel momento non passava nisciuno e lui ne approfittò, spostanno i sigilli, per raprire la porta e trasire. Nello studio, indove la picciotta era stata ammazzata, l'aduri del sangue era ancora forti. Laura era stata attrovata stinnicchiata supra alla scrivania, nuda e in una posa oscena. Come se il sò assalitore l'avissi ammazzata mentri si priparavano a fari all'amuri. Tasca aviva contato la virità, abbastava fari un sulo passo nell'anticàmmara per vidiri la scrivania. 'Nzumma, non aviva avuto bisogno di trasire nello studio per farisi capace di quello che era capitato.

Nello studio c'erano, oltre a pratiche con la scritta HB, macari libri e disigni d'architettura, piante di città, manuali d'urbanistica, granni fogli trasparenti, fogli da disigno, matite, gommi, evidenziatori, squatre... signo che Laura si mittiva là per studiare. Circò casa casa e non attrovò l'accappatoio bianco. L'assassino se l'era portato via, macari mittennolo dintra a 'na busta di plastica da supermercato. Po' niscì dal villino e lo taliò da fora. Il garage aviva dù ingressi: uno granni, con la saracinesca, che dava in una via parallela che s'acchiamava via Scipione, e uno cchiù nico, 'na porta di ligno, che dava nel piccolo jardino della villetta. Uno trasiva nel garage con la machina da via Scipione e po' nisciva di darrè per annare a casa. Comodo. S'avvicinò alla saracinesca del garage. A mano manca, ad altizza d'omo, tra la saracinesca e il binario di scorrimento c'era 'nfilato un pizzino ripiegato. Lo tirò fora. «L'OCCHIO-Istituto Vigilanza Notturna». E sutta, ma scritto con la biro: 25 maggio 2007. Rimise a posto il pizzino, pi-

237

gliò il telecomando del garage che era nel mazzo di chiavi, raprì, taliò dintra. Era vacante. Richiuì la saracinesca, si calò a pigliare il pizzino che era caduto 'n terra, lo rimisi a posto, raprì novamenti la saracinesca. Il pizzino cadì come prima. Allura se lo misi 'n sacchetta, chiuì, tornò in commissariato.

«La picciotta si chiamava Sorrentino Laura di Nicola e di Gattuffo Elena, nata a Vigàta il...» principiò Fazio tinenno davanti all'occhi un foglietto.

Fazio aviva quello che Montalbano chiamava «il vizio dell'anagrafe», vizio che gli faciva smorcare il nirbùso.

«Se non la finisci subito, ti faccio mangiare il foglietto».

Fazio, facenno la vucca storta, lo ripiegò e se lo misi 'n sacchetta.

«Dimmi solo quello che ti pare importante».

«Una cosa sulo c'è d'importanti. Me l'ha ditta la signura Concetta Arnone che abita al quarto piano della casa che c'è proprio di fronti all'ingresso del garage in via Scipione. Dice che da circa tri misi aviva notato a un omo che certe sire trasiva direttamenti nel garage in machina e nisciva dalla porta di darrè. Quanno passava nel jardino, lei aviva potuto vidiri, con la luci dei lampioni, che si trattava di un omo che di sicuro non era Sergio».

«Scusami, ma quanno arrivava questo signore, Sergio unn'era?».

«La signura Arnone dici che lo zito partiva almeno 'na volta alla simana e stava fora macari dù notti di seguito».

«E questo si spiega: dato il misteri che fa, annava a visitare i punti vendita di Catania, Palermo, Messina... Tutto qua?».

«Sissi. Ah, c'è macari un'altra cosa. Me l'ha ditta un giornalista. Pari che a presentari Laura a Sergio sia stato il patre».

«Il patre di cu?».

«Di lui, di Sergio. Dicino che al signor profissori ci piacino assà le allieve beddre e picciotte. Il giornalista sostiene che si è trattato di un passaggio di consegne. E che il picciotto non ha ditto di no pirchì fa tutto quello che il patre gli ordina di fari».

«E come mai?».

«Sergio non è figlio vero, è stato adottato quanno aviva tri anni. Forsi è per riconoscenza».

«Senti, fammi un favore. Telefona da qui a quell'istituto di vigilanza notturna che si chiama "L'occhio" e spiagli a che ura passano a controllare il villino e il garage di via Pirandello e di via Scipione».

Fazio eseguì.

«All'una di notte, minuto cchiù, minuto meno».

Stava niscenno dall'ufficio per annare a Marinella, quanno il tilefono sonò.

«Ah dottori dottori! Ah dottori! C'è il signori e guistori al tilefono!».

«Passamelo».

«Senta, Montalbano, m'ha telefonato il dottor Tommaseo per dirmi che lei non sarebbe d'accordo nella conduzione dell'indagine per l'omicidio di quella ragazza. È così?».

«Sì, signor questore».

«Bene, allora non c'è che una sola cosa da fare. Passare la mano. Da ora in poi dell'indagine si occuperà il nuovo capo della Omicidi, il dottor Rasetti. D'accordo?».

I capi della Omicidi alla questura cangiavano ogni quinnici jorni. Lui, a questo Rasetti, non aviva ancora avuto modo d'accanoscirlo, dato che era arrivato tri jorni avanti.

«Mi pare la soluzione più logica, signor questore».

Forsi il signori e guistori dovitti ristari sorpriso della remissività del commissario, tanto che gli augurò persino la bona notti.

Prima d'annarisi a corcare, si vitti il notiziario di «Televigàta». Un tali, ad apertura, annunziò che avrebbiro replicato la «conturbante» (disse propio accussì, conturbante) conferenza stampa di Sergio Tasca, il convivente di Laura Sorrentino, la giovane studentessa barbaramenti assassinata eccetera eccetera. Po' la replica partì. La cosa che cchiù colpiva era il distaco col quali Sergio dava le risposte, come se l'intera facenna non l'avissi direttamenti arriguardato. Non si tirava narrè davanti a nisciuna dimanna, macari la cchiù insidiosa, ma il tono della sò voci non era mai alterato, non c'era la minima traccia di qualisisiasi sentimento nelle sò paroli. Tanto che a picca a picca 'na cappa di gelo calò supra ai giornalisti, le cui dimanne si ficiro via via meno aggressive per finiri in una speci di disinteresse. Oramai si erano fatti pirsuasi che uno accussì non potiva che essiri l'assassino. Finita la replica, spuntò la facci a culo di gaddrina di Pippo Ragonese, il giornalista nummaro uno della rete.

C'è giunta poco fa in redazione la notizia che il commissario Salvo Montalbano, per contrasti col pm Tommaseo, è stato dal questore Bonetti-Alderighi sostituito nelle indagini per l'assassinio della povera Laura Sorrentino dal dottor Silvio Rasetti, nuovo capo della Omicidi. Pare che i contrasti siano stati provocati dall'eccessiva cautela del commissario Montalbano nell'indirizzare l'indagine in una direzione che sicuramente avrebbe avuto risvolti e con-

seguenze di non lieve peso, mentre il pm Tommaseo intende da parte sua procedere non guardando in faccia a nessuno, come si usa dire. La notizia della sostituzione del dottor Montalbano non può che rallegrarci perché da anni noi sosteniamo che questo funzionario...

Il commissario astutò. Il discorsino di Ragonese, tradotto, viniva a significare: uno, che Sergio Tasca era sicuramenti l'assassino; dù, che Montalbano si era tirato fora per vigliaccaggini, non avenno il coraggio d'affrontare il virivirì inevitabilmente scatenato dal patre di Sergio; tri, che il pm Tommaseo avrebbi di certo ordinato l'arresto del picciotto.

Ma dato che il cacciatore non va a caccia per il piaciri di sparari, ma soprattutto per sotisfari la sò passioni per la caccia, il commissario alle novi del matino del jorno doppo annò in via Scipione, taliò i nomi scritti nel citofono della casa che c'era proprio davanti al garage di Tasca e chiamò la signora Concetta Arnone.

«Cu è?».

«Il commissario Montalbano sono. Le vorrei parlare».

«Acchianasse. Quarto piano».

Nella prima mezz'ora di parlata, Montalbano vinni a sapiri che la signura Concetta era vidova; che non aviva figli; che con la pinsioni arrinisciva a malappena a campare; che aviva 'na soro che però abitava a Fiacca; che la vicina le faciva la spisa; che non avenno nenti a chiffare, e dato che le gammi non l'arriggivano cchiù, sinni stava tutto il santo jorno assittata al balcuni a taliare la genti che passava; che...

A questo punto Montalbano interrompì il monologo e fici la sò dimanna spiranzosa. Ed ebbi la risposta che voliva propio sintiri.

Sergio Tasca, alle cinco di doppopranzo dello stisso jorno, vinni arristato con l'accusa d'aviri ammazzato a Laura Sorrentino. Come disse il pm Tommaseo ai giornalisti, «si era trattato di un omicidio premeditato con disumana logica ed eseguito con atroce freddezza». Sergio aveva preso il volo delle 19 da Milano, era arrivato alle 20 e 30 a Punta Raisi, aveva pigliato la macchina, era arrivato a Vigàta alle 22 ("ma non era stata ammazzata alle vintuno?" si spiò Montalbano), aveva ucciso Laura e l'aveva denudata per depistare le indagini, era tornato a Punta Raisi e aveva preso l'aereo per Milano arrivando all'1 e 30 del mattino per ripartire qualche ora dopo per Vigàta. Una ragazza di Milano (un'impiegata della HB e non una squillo), che aveva confermato l'alibi di Sergio Tasca, sarebbe stata incriminata per favoreggiamento. Il movente? Laura si era accorta di essere incinta e voleva farsi sposare. Ma il Tasca, che preferiva continuare la bella vita, aveva deciso di toglierla di mezzo.

«È un uomo totalmente privo di sentimenti d'umanità, come ognuno ha potuto vedere anche nella conferenza stampa da lui incautamente indetta» disse il pm mittennoci il carrico da unnici. Le prove? Tanticchia di pazienza, signori giornalisti. È chiaro che per accattarisi i biglietti d'aereo Sergio Tasca non aviva usato il sò vero nome, perciò si stava interroganno il pirsonale di bordo in servizio su quelle tratte e in quegli orari.

L'indomani a matino l'avvocato della difisa Arturo Lanzetta, principe del foro, chiamò i giornalisti e disse loro semplicemente accussì:
«Siamo in grado di provare che Sergio Tasca la mattina del 26 non ha viaggiato sull'aereo Milano-Palermo. Ripeto: non ha viaggiato. La ricostruzione del pm Tommaseo è dunque priva di fondamento».

Alle quattro di doppopranzo, il pm Tommaseo dichiarò:
«Siamo in grado di provare che Sergio Tasca, la sera del 25, ha viaggiato sulla tratta Milano-Roma. Da lì ha agevolmente proseguito per Palermo».

Alle otto di sira, l'avvocato Lanzetta proclamò all'urbi e all'orbo:

«Malgrado il nostro assistito si sia chiuso in un ostinato mutismo, siamo in grado di provare che Sergio Tasca ha sì viaggiato in aereo sulla tratta Milano-Roma la sera del 25, come ha affermato il pm Tommaseo, ma col volo in partenza da Milano alle ore ventitré. Quindi fuori tempo massimo per commettere l'omicidio».

Dù jorni appresso, il Tribunale della Libertà, presso il quali gli avvocati della difisa, tutti nomi grossi, avivano fatto ricorso d'urgenza, ordinò la scarcerazione del picciotto.

Ma che ci era annato a fari Sergio a Roma la notti del vinticinco?

«A incontrare suo padre, signor questore, che gli aveva telefonato a Milano sconvolto dopo avere ucciso Laura» disse Montalbano.

S'era appresentato al questore di volontà sò. E quello ora stava a sintirlo con l'occhi sgriddrati.

«Ma perché l'avrebbe uccisa?».

«Ho saputo che Laura era stata una delle amanti del suo professore, il sindaco Renato Tasca, che poi l'aveva sistemata con suo figlio. Il quale, è cosa risaputa, è completamente succubo del padre. Poi la relazione tra il professore e la ragazza era ricominciata, ma Laura era rimasta incinta. Il sindaco, la sera del 25, deve partire per Roma coll'ultimo volo, ma Laura insiste per vederlo. L'uomo mette la macchina in garage ed entra nel villino. Sono circa le ventuno. Qui ha una lite furibonda con la ragazza, forse lei lo ricatta, fatto sta che perde la testa, agguanta una taglierina a portata di mano, l'ammazza e sfoga il suo odio macellandola. Poi, per confondere le acque, la denuda, la mette in una posa inequivocabile e si porta via l'accappatoio che lei indossava».

«Perché?».

«Ma perché l'accappatoio era tutto tagliuzzato e avrebbe rivelato il contrario di quello che il sindaco voleva far credere. Poi torna nel garage, si cambia il vestito insanguinato con quello che ha nella valigia, ci mette dentro l'accappatoio, telefona a Sergio e corre alla disperata verso l'aeroporto. Mi sono informato, era su quell'ultimo volo. A Roma, padre e figlio stabiliscono una linea di difesa. Sergio, col suo contegno, dovrà farsi sospettare. Il padre gli metterà a disposizione un collegio d'avvocati da fare spavento che smonterà l'accusa. E tutto infatti va come i due hanno concordato».

«Bella ricostruzione» fici il questore asciucannosi il sudori dalla fronti.

Era chiaro che la facenna lo scantava assà, accusare a Renato Tasca d'omicidio potiva comportare la fine della sò carrera.

«Però non abbiamo uno straccio di prova» disse conclusivo.

«Al momento, no. Ma basta informarsi in quale albergo di Roma è sceso il sindaco e se quella notte qualcuno è andato a trovarlo. E mostrare la foto di Sergio al portiere di notte. Non le pare?».

«Beh... sì. Ma lei, Montalbano, come ha fatto a costruire questa...».

«L'altro giorno, e precisamente la sera del 26, quando ero ancora titolare dell'inchiesta, andai a dare un'occhiata al villino di Sergio Tasca. Al garage si può accedere tanto dall'esterno, da via Scipione, quanto dall'interno, cioè dal giardinetto della villa. Bene, mi sono accorto che infilato nella saracinesca del garage c'era il bigliettino di controllo di un'agenzia di vigilanza notturna che risaliva alla notte tra il 25 e il 26. Aprendo la saracinesca, il bigliettino doveva per forza cadere per terra. Ho fatto la prova e così è successo per ben due volte di seguito».

«Non ho capito, mi scusi».

«Se il bigliettino stava lì quando ci sono andato io il 26 sera, questo veniva a significare che nessuno aveva aperto il garage dalla notte precedente. E quindi Sergio mi aveva detto il falso quando mi aveva raccontato che, appena arrivato a Vigàta da Milano, aveva messo la sua macchina in garage, era uscito dalla porticina posteriore, traversato il giardinetto, aperta la porta di casa e scoperto il cadavere. No, nel garage non era mai entrato».

«Oddio, Montalbano! Ma questo è irrisorio! Si sarà confuso! Magari avrà lasciato la macchina posteggiata davanti al villino! Non aveva mica l'obbligo di andare per forza al garage!».

«Ha posteggiato l'auto nel passo carrabile davanti al garage. Erano da poco passate le nove del mattino. È sceso, ma è risalito subito in macchina, come se avesse cambiato idea. È rimasto dentro una decina di minuti, poi è ripartito svoltando a sinistra».

«È importante?».

«Sì. Svoltando a destra sarebbe passato davanti all'ingresso del villino. Quindi, teoricamente, avrebbe potuto fermarsi ed entrare dalla porta principale. Ma non l'ha fatto. Svoltando a sinistra invece imboccava la strada che l'avrebbe portato in dieci minuti al commissariato. Tutto questo mi è stato raccontato da una testimone oculare, la signora Concetta Arnone».

«Ma perché non è entrato nel villino?».

«Perché sapeva già in ogni dettaglio quello che era successo là dentro, glielo aveva raccontato a Roma suo padre, l'assassino. E forse gli è mancato il coraggio di rivedere Laura ridotta in quel modo».

Si susì.

«Naturalmente, signor questore, si tratta di una ricostruzione del tutto personale. Anzi, privata. Se vuole, ne parli col dottor Rasetti. Le auguro una buona giornata».

Il questore manco ricambiò. Era perso a taliare la punta di un tagliacarte.

Certo, sarebbi stato difficili assà, sapenno che Montalbano sapiva, accusari dell'omicidio il primo rumeno 'ncontrato strata strata. Non c'erano santi: avrebbiro dovuto grattarisi la rogna fino a farisi spuntari il sangue.

Notizia

Questi sei racconti con protagonista il commissario Montalbano vengono raccolti per la prima volta in volume. Sono storie scritte in tempi diversi, non comprese nelle cinque antologie che Camilleri ha pubblicato dal 1998 al 2014, storie sparse e variamente edite; in particolare:

«La finestra sul cortile» è uscito a puntate sul mensile gratuito di Roma «Il Nasone di Prati» a partire dal 30 marzo 2007, e settimanalmente su «Agrigentonotizie.it» dal 28 giugno 2008, accompagnato da queste parole dell'Autore:

«Ho scritto questo racconto, il cui titolo, *La finestra sul cortile*, vuole essere un esplicito omaggio a Hitchcock, per aiutare la diffusione di un giornaletto di quartiere, "Il Nasone di Prati", fatto da un gruppo di giovani miei amici. Tra parentesi, con "nasone" si intende la fontanella stradale che dispensa acqua fresca ai passanti e che è detta così per la particolare forma del rubinetto. Ritenni dunque indispensabile ambientare la vicenda proprio nel quartiere Prati, dove abito da oltre cinquant'anni, fingendo una trasferta romana di Montalbano al quale un amico che deve assentarsi da Roma cede il suo appartamento da scapolo. Appartamento la cui cucina ha una finestra che si apre su un grandissimo cortile.

«Il cortile che ho descritto è quello che per anni ho visto da una finestra di casa mia. Naturalmente, gli abitanti degli appartamenti che danno nel cortile del mio racconto sono assolutamente di fantasia, non hanno nessun rapporto con coloro che vi abitano nella realtà.

«Mi divertiva l'idea di mettere il mio commissario di fronte a un paesaggio per lui inconsueto. Egli, infatti, è abituato a vivere a Marinella, in una villetta singola, avendo di fronte a sé la spiaggia e il mare. Un cortile popoloso è per lui una novità assoluta e una fonte di continuo interesse. Come nel film di Hitchcock egli si trova a spiare, anche involontariamente, la vita degli altri. Quale occasione migliore per un uomo che ha l'istinto della caccia, come diceva Hammett?

«Il respiro narrativo di questo racconto è per me alquanto nuovo: infatti c'era la necessità di una scansione per capitoletti ognuno dei quali non doveva superare le due-tre cartelle. Ho fatto una certa fatica perché, narrativamente, ho il respiro più lungo, ma spero di esserci riuscito lo stesso. Comunque sia, buona lettura».

ANDREA CAMILLERI, 28 giugno 2008

Il racconto è stato poi inserito in appendice al volume *Racconti di Montalbano*, Mondadori 2009, senza tuttavia la divisione in brevi capitoli dettata dalla necessità della originaria pubblicazione a puntate.

«Il figlio del sindaco» è stato pubblicato in edizione fuori commercio riservata ai clienti di Unicredit Private Banking nel 2008. La trama costituisce lo spunto per il romanzo *Una voce di notte* del 2012.
Gli altri racconti sono stati scritti per le antologie a tema di questa casa editrice:
«Una cena speciale», *Capodanno in giallo*, 2012.
«Notte di Ferragosto», *Ferragosto in giallo*, 2013.
«La calza della befana», *Un anno in giallo*, 2017.
«Ventiquattr'ore di ritardo», *Una giornata in giallo*, 2018.

Indice

La coscienza di Montalbano

Notte di Ferragosto	9
Ventiquattr'ore di ritardo	51
La finestra sul cortile	89
Una cena speciale	137
La calza della befana	179
Il figlio del sindaco	221
Notizia	251

Questo volume è stato stampato
su carta Palatina
delle Cartiere di Fabriano
nel mese di maggio 2022
presso la Leva srl - Milano
e confezionato
presso IGF s.p.a. - Aldeno (TN)

La memoria

Ultimi volumi pubblicati

801 Anthony Trollope. Le ultime cronache del Barset
802 Arnoldo Foà. Autobiografia di un artista burbero
803 Herta Müller. Lo sguardo estraneo
804 Gianrico Carofiglio. Le perfezioni provvisorie
805 Gian Mauro Costa. Il libro di legno
806 Carlo Flamigni. Circostanze casuali
807 Maj Sjöwall, Per Wahlöö. L'uomo sul tetto
808 Herta Müller. Cristina e il suo doppio
809 Martin Suter. L'ultimo dei Weynfeldt
810 Andrea Camilleri. Il nipote del Negus
811 Teresa Solana. Scorciatoia per il paradiso
812 Francesco M. Cataluccio. Vado a vedere se di là è meglio
813 Allen S. Weiss. Baudelaire cerca gloria
814 Thornton Wilder. Idi di marzo
815 Esmahan Aykol. Hotel Bosforo
816 Davide Enia. Italia-Brasile 3 a 2
817 Giorgio Scerbanenco. L'antro dei filosofi
818 Pietro Grossi. Martini
819 Budd Schulberg. Fronte del porto
820 Andrea Camilleri. La caccia al tesoro
821 Marco Malvaldi. Il re dei giochi
822 Francisco García Pavón. Le sorelle scarlatte
823 Colin Dexter. L'ultima corsa per Woodstock
824 Augusto De Angelis. Sei donne e un libro
825 Giuseppe Bonaviri. L'enorme tempo
826 Bill James. Club
827 Alicia Giménez-Bartlett. Vita sentimentale di un camionista
828 Maj Sjöwall, Per Wahlöö. La camera chiusa
829 Andrea Molesini. Non tutti i bastardi sono di Vienna

830 Michèle Lesbre. Nina per caso
831 Herta Müller. In trappola
832 Hans Fallada. Ognuno muore solo
833 Andrea Camilleri. Il sorriso di Angelica
834 Eugenio Baroncelli. Mosche d'inverno
835 Margaret Doody. Aristotele e i delitti d'Egitto
836 Sergej Dovlatov. La filiale
837 Anthony Trollope. La vita oggi
838 Martin Suter. Com'è piccolo il mondo!
839 Marco Malvaldi. Odore di chiuso
840 Giorgio Scerbanenco. Il cane che parla
841 Festa per Elsa
842 Paul Léautaud. Amori
843 Claudio Coletta. Viale del Policlinico
844 Luigi Pirandello. Racconti per una sera a teatro
845 Andrea Camilleri. Gran Circo Taddei e altre storie di Vigàta
846 Paolo Di Stefano. La catastròfa. Marcinelle 8 agosto 1956
847 Carlo Flamigni. Senso comune
848 Antonio Tabucchi. Racconti con figure
849 Esmahan Aykol. Appartamento a Istanbul
850 Francesco M. Cataluccio. Chernobyl
851 Colin Dexter. Al momento della scomparsa la ragazza indossava
852 Simonetta Agnello Hornby. Un filo d'olio
853 Lawrence Block. L'Ottavo Passo
854 Carlos María Domínguez. La casa di carta
855 Luciano Canfora. La meravigliosa storia del falso Artemidoro
856 Ben Pastor. Il Signore delle cento ossa
857 Francesco Recami. La casa di ringhiera
858 Andrea Camilleri. Il gioco degli specchi
859 Giorgio Scerbanenco. Lo scandalo dell'osservatorio astronomico
860 Carla Melazzini. Insegnare al principe di Danimarca
861 Bill James. Rose, rose
862 Roberto Bolaño, A. G. Porta. Consigli di un discepolo di Jim Morrison a un fanatico di Joyce
863 Stefano Benni. La traccia dell'angelo
864 Martin Suter. Allmen e le libellule
865 Giorgio Scerbanenco. Nebbia sul Naviglio e altri racconti gialli e neri
866 Danilo Dolci. Processo all'articolo 4
867 Maj Sjöwall, Per Wahlöö. Terroristi
868 Ricardo Romero. La sindrome di Rasputin
869 Alicia Giménez-Bartlett. Giorni d'amore e inganno

870 Andrea Camilleri. La setta degli angeli
871 Guglielmo Petroni. Il nome delle parole
872 Giorgio Fontana. Per legge superiore
873 Anthony Trollope. Lady Anna
874 Gian Mauro Costa, Carlo Flamigni, Alicia Giménez-Bartlett, Marco Malvaldi, Ben Pastor, Santo Piazzese, Francesco Recami. Un Natale in giallo
875 Marco Malvaldi. La carta più alta
876 Franz Zeise. L'Armada
877 Colin Dexter. Il mondo silenzioso di Nicholas Quinn
878 Salvatore Silvano Nigro. Il Principe fulvo
879 Ben Pastor. Lumen
880 Dante Troisi. Diario di un giudice
881 Ginevra Bompiani. La stazione termale
882 Andrea Camilleri. La Regina di Pomerania e altre storie di Vigàta
883 Tom Stoppard. La sponda dell'utopia
884 Bill James. Il detective è morto
885 Margaret Doody. Aristotele e la favola dei due corvi bianchi
886 Hans Fallada. Nel mio paese straniero
887 Esmahan Aykol. Divorzio alla turca
888 Angelo Morino. Il film della sua vita
889 Eugenio Baroncelli. Falene. 237 vite quasi perfette
890 Francesco Recami. Gli scheletri nell'armadio
891 Teresa Solana. Sette casi di sangue e una storia d'amore
892 Daria Galateria. Scritti galeotti
893 Andrea Camilleri. Una lama di luce
894 Martin Suter. Allmen e il diamante rosa
895 Carlo Flamigni. Giallo uovo
896 Maj Sjöwall, Per Wahlöö. Il milionario
897 Gian Mauro Costa. Festa di piazza
898 Gianni Bonina. I sette giorni di Allah
899 Carlo María Domínguez. La costa cieca
900
901 Colin Dexter. Niente vacanze per l'ispettore Morse
902 Francesco M. Cataluccio. L'ambaradan delle quisquiglie
903 Giuseppe Barbera. Conca d'oro
904 Andrea Camilleri. Una voce di notte
905 Giuseppe Scaraffia. I piaceri dei grandi
906 Sergio Valzania. La Bolla d'oro
907 Héctor Abad Faciolince. Trattato di culinaria per donne tristi
908 Mario Giorgianni. La forma della sorte
909 Marco Malvaldi. Milioni di milioni

910 Bill James. Il mattatore
911 Esmahan Aykol, Andrea Camilleri, Gian Mauro Costa, Marco Malvaldi, Antonio Manzini, Francesco Recami. Capodanno in giallo
912 Alicia Giménez-Bartlett. Gli onori di casa
913 Giuseppe Tornatore. La migliore offerta
914 Vincenzo Consolo. Esercizi di cronaca
915 Stanisław Lem. Solaris
916 Antonio Manzini. Pista nera
917 Xiao Bai. Intrigo a Shanghai
918 Ben Pastor. Il cielo di stagno
919 Andrea Camilleri. La rivoluzione della luna
920 Colin Dexter. L'ispettore Morse e le morti di Jericho
921 Paolo Di Stefano. Giallo d'Avola
922 Francesco M. Cataluccio. La memoria degli Uffizi
923 Alan Bradley. Aringhe rosse senza mostarda
924 Davide Enia. maggio '43
925 Andrea Molesini. La primavera del lupo
926 Eugenio Baroncelli. Pagine bianche. 55 libri che non ho scritto
927 Roberto Mazzucco. I sicari di Trastevere
928 Ignazio Buttitta. La peddi nova
929 Andrea Camilleri. Un covo di vipere
930 Lawrence Block. Un'altra notte a Brooklyn
931 Francesco Recami. Il segreto di Angela
932 Andrea Camilleri, Gian Mauro Costa, Alicia Giménez-Bartlett, Marco Malvaldi, Antonio Manzini, Francesco Recami. Ferragosto in giallo
933 Alicia Giménez-Bartlett. Segreta Penelope
934 Bill James. Tip Top
935 Davide Camarrone. L'ultima indagine del Commissario
936 Storie della Resistenza
937 John Glassco. Memorie di Montparnasse
938 Marco Malvaldi. Argento vivo
939 Andrea Camilleri. La banda Sacco
940 Ben Pastor. Luna bugiarda
941 Santo Piazzese. Blues di mezz'autunno
942 Alan Bradley. Il Natale di Flavia de Luce
943 Margaret Doody. Aristotele nel regno di Alessandro
944 Maurizio de Giovanni, Alicia Giménez-Bartlett, Bill James, Marco Malvaldi, Antonio Manzini, Francesco Recami. Regalo di Natale
945 Anthony Trollope. Orley Farm
946 Adriano Sofri. Machiavelli, Tupac e la Principessa
947 Antonio Manzini. La costola di Adamo

948 Lorenza Mazzetti. Diario londinese
949 Gian Mauro Costa, Alicia Giménez-Bartlett, Marco Malvaldi, Antonio Manzini, Francesco Recami. Carnevale in giallo
950 Marco Steiner. Il corvo di pietra
951 Colin Dexter. Il mistero del terzo miglio
952 Jennifer Worth. Chiamate la levatrice
953 Andrea Camilleri. Inseguendo un'ombra
954 Nicola Fantini, Laura Pariani. Nostra Signora degli scorpioni
955 Davide Camarrone. Lampaduza
956 José Roman. Chez Maxim's. Ricordi di un fattorino
957 Luciano Canfora. 1914
958 Alessandro Robecchi. Questa non è una canzone d'amore
959 Gian Mauro Costa. L'ultima scommessa
960 Giorgio Fontana. Morte di un uomo felice
961 Andrea Molesini. Presagio
962 La partita di pallone. Storie di calcio
963 Andrea Camilleri. La piramide di fango
964 Beda Romano. Il ragazzo di Erfurt
965 Anthony Trollope. Il Primo Ministro
966 Francesco Recami. Il caso Kakoiannis-Sforza
967 Alan Bradley. A spasso tra le tombe
968 Claudio Coletta. Amstel blues
969 Alicia Giménez-Bartlett, Marco Malvaldi, Antonio Manzini, Francesco Recami, Alessandro Robecchi, Gaetano Savatteri. Vacanze in giallo
970 Carlo Flamigni. La compagnia di Ramazzotto
971 Alicia Giménez-Bartlett. Dove nessuno ti troverà
972 Colin Dexter. Il segreto della camera 3
973 Adriano Sofri. Reagì Mauro Rostagno sorridendo
974 Augusto De Angelis. Il canotto insanguinato
975 Esmahan Aykol. Tango a Istanbul
976 Josefina Aldecoa. Storia di una maestra
977 Marco Malvaldi. Il telefono senza fili
978 Franco Lorenzoni. I bambini pensano grande
979 Eugenio Baroncelli. Gli incantevoli scarti. Cento romanzi di cento parole
980 Andrea Camilleri. Morte in mare aperto e altre indagini del giovane Montalbano
981 Ben Pastor. La strada per Itaca
982 Esmahan Aykol, Alan Bradley, Gian Mauro Costa, Maurizio de Giovanni, Nicola Fantini e Laura Pariani, Alicia Giménez-Bartlett, Francesco Recami. La scuola in giallo

983 Antonio Manzini. Non è stagione
984 Antoine de Saint-Exupéry. Il Piccolo Principe
985 Martin Suter. Allmen e le dalie
986 Piero Violante. Swinging Palermo
987 Marco Balzano, Francesco M. Cataluccio, Neige De Benedetti, Paolo Di Stefano, Giorgio Fontana, Helena Janeczek. Milano
988 Colin Dexter. La fanciulla è morta
989 Manuel Vázquez Montalbán. Galíndez
990 Federico Maria Sardelli. L'affare Vivaldi
991 Alessandro Robecchi. Dove sei stanotte
992 Nicola Fantini e Laura Pariani, Marco Malvaldi, Dominique Manotti, Antonio Manzini, Francesco Recami, Gaetano Savatteri. La crisi in giallo
993 Jennifer. Worth. Tra le vite di Londra
994 Hai voluto la bicicletta. Il piacere della fatica
995 Alan Bradley. Un segreto per Flavia de Luce
996 Giampaolo Simi. Cosa resta di noi
997 Alessandro Barbero. Il divano di Istanbul
998 Scott Spencer. Un amore senza fine
999 Antonio Tabucchi. La nostalgia del possibile
1000 La memoria di Elvira
1001 Andrea Camilleri. La giostra degli scambi
1002 Enrico Deaglio. Storia vera e terribile tra Sicilia e America
1003 Francesco Recami. L'uomo con la valigia
1004 Fabio Stassi. Fumisteria
1005 Alicia Giménez-Bartlett, Marco Malvaldi, Antonio Manzini, Santo Piazzese, Francesco Recami, Gaetano Savatteri. Turisti in giallo
1006 Bill James. Un taglio radicale
1007 Alexander Langer. Il viaggiatore leggero. Scritti 1961-1995
1008 Antonio Manzini. Era di maggio
1009 Alicia Giménez-Bartlett. Sei casi per Petra Delicado
1010 Ben Pastor. Kaputt Mundi
1011 Nino Vetri. Il Michelangelo
1012 Andrea Camilleri. Le vichinghe volanti e altre storie d'amore a Vigàta
1013 Elvio Fassone. Fine pena: ora
1014 Dominique Manotti. Oro nero
1015 Marco Steiner. Oltremare
1016 Marco Malvaldi. Buchi nella sabbia
1017 Pamela Lyndon Travers. Zia Sass
1018 Giosuè Calaciura, Gianni Di Gregorio, Antonio Manzini, Fabio Stassi, Giordano Tedoldi, Chiara Valerio. Storie dalla città eterna

1019 Giuseppe Tornatore. La corrispondenza
1020 Rudi Assuntino, Wlodek Goldkorn. Il guardiano. Marek Edelman racconta
1021 Antonio Manzini. Cinque indagini romane per Rocco Schiavone
1022 Lodovico Festa. La provvidenza rossa
1023 Giuseppe Scaraffia. Il demone della frivolezza
1024 Colin Dexter. Il gioiello che era nostro
1025 Alessandro Robecchi. Di rabbia e di vento
1026 Yasmina Khadra. L'attentato
1027 Maj Sjöwall, Tomas Ross. La donna che sembrava Greta Garbo
1028 Daria Galateria. L'etichetta alla corte di Versailles. Dizionario dei privilegi nell'età del Re Sole
1029 Marco Balzano. Il figlio del figlio
1030 Marco Malvaldi. La battaglia navale
1031 Fabio Stassi. La lettrice scomparsa
1032 Esmahan Aykol, Gian Mauro Costa, Alicia Giménez-Bartlett, Marco Malvaldi, Antonio Manzini, Francesco Recami, Gaetano Savatteri. Il calcio in giallo
1033 Sergej Dovlatov. Taccuini
1034 Andrea Camilleri. L'altro capo del filo
1035 Francesco Recami. Morte di un ex tappezziere
1036 Alan Bradley. Flavia de Luce e il delitto nel campo dei cetrioli
1037 Manuel Vázquez Montalbán. Io, Franco
1038 Antonio Manzini. 7-7-2007
1039 Luigi Natoli. I Beati Paoli
1040 Gaetano Savatteri. La fabbrica delle stelle
1041 Giorgio Fontana. Un solo paradiso
1042 Dominique Manotti. Il sentiero della speranza
1043 Marco Malvaldi. Sei casi al BarLume
1044 Ben Pastor. I piccoli fuochi
1045 Luciano Canfora. 1956. L'anno spartiacque
1046 Andrea Camilleri. La cappella di famiglia e altre storie di Vigàta
1047 Nicola Fantini, Laura Pariani. Che Guevara aveva un gallo
1048 Colin Dexter. La strada nel bosco
1049 Claudio Coletta. Il manoscritto di Dante
1050 Giosuè Calaciura, Andrea Camilleri, Francesco M. Cataluccio, Alicia Giménez-Bartlett, Antonio Manzini, Francesco Recami, Fabio Stassi. Storie di Natale
1051 Alessandro Robecchi. Torto marcio
1052 Bill James. Uccidimi
1053 Alan Bradley. La morte non è cosa per ragazzine

1054 Émile Zola. Il denaro
1055 Andrea Camilleri. La mossa del cavallo
1056 Francesco Recami. Commedia nera n. 1
1057 Marco Consentino, Domenico Dodaro, Luigi Panella. I fantasmi dell'Impero
1058 Dominique Manotti. Le mani su Parigi
1059 Antonio Manzini. La giostra dei criceti
1060 Gaetano Savatteri. La congiura dei loquaci
1061 Sergio Valzania. Sparta e Atene. Il racconto di una guerra
1062 Heinz Rein. Berlino. Ultimo atto
1063 Honoré de Balzac. Albert Savarus
1064 Alicia Giménez-Bartlett, Marco Malvaldi, Antonio Manzini, Francesco Recami, Alessandro Robecchi, Gaetano Savatteri. Viaggiare in giallo
1065 Fabio Stassi. Angelica e le comete
1066 Andrea Camilleri. La rete di protezione
1067 Ben Pastor. Il morto in piazza
1068 Luigi Natoli. Coriolano della Floresta
1069 Francesco Recami. Sei storie della casa di ringhiera
1070 Giampaolo Simi. La ragazza sbagliata
1071 Alessandro Barbero. Federico il Grande
1072 Colin Dexter. Le figlie di Caino
1073 Antonio Manzini. Pulvis et umbra
1074 Jennifer Worth. Le ultime levatrici dell'East End
1075 Tiberio Mitri. La botta in testa
1076 Francesco Recami. L'errore di Platini
1077 Marco Malvaldi. Negli occhi di chi guarda
1078 Pietro Grossi. Pugni
1079 Edgardo Franzosini. Il mangiatore di carta. Alcuni anni della vita di Johann Ernst Biren
1080 Alan Bradley. Flavia de Luce e il cadavere nel camino
1081 Anthony Trollope. Potete perdonarla?
1082 Andrea Camilleri. Un mese con Montalbano
1083 Emilio Isgrò. Autocurriculum
1084 Cyril Hare. Un delitto inglese
1085 Simonetta Agnello Hornby, Esmahan Aykol, Andrea Camilleri, Gian Mauro Costa, Alicia Giménez-Bartlett, Marco Malvaldi, Antonio Manzini, Santo Piazzese, Francesco Recami, Alessandro Robecchi, Gaetano Savatteri, Fabio Stassi. Un anno in giallo
1086 Alessandro Robecchi. Follia maggiore
1087 S. N. Behrman. Duveen. Il re degli antiquari
1088 Andrea Camilleri. La scomparsa di Patò

1089 Gian Mauro Costa. Stella o croce
1090 Adriano Sofri. Una variazione di Kafka
1091 Giuseppe Tornatore, Massimo De Rita. Leningrado
1092 Alicia Giménez-Bartlett. Mio caro serial killer
1093 Walter Kempowski. Tutto per nulla
1094 Francesco Recami. La clinica Riposo & Pace. Commedia nera n. 2
1095 Margaret Doody. Aristotele e la Casa dei Venti
1096 Antonio Manzini. L'anello mancante. Cinque indagini di Rocco Schiavone
1097 Maria Attanasio. La ragazza di Marsiglia
1098 Duško Popov. Spia contro spia
1099 Fabio Stassi. Ogni coincidenza ha un'anima
1100
1101 Andrea Camilleri. Il metodo Catalanotti
1102 Giampaolo Simi. Come una famiglia
1103 P. T. Barnum. Battaglie e trionfi. Quarant'anni di ricordi
1104 Colin Dexter. La morte mi è vicina
1105 Marco Malvaldi. A bocce ferme
1106 Enrico Deaglio. La zia Irene e l'anarchico Tresca
1107 Len Deighton. SS-GB. I nazisti occupano Londra
1108 Maksim Gor'kij. Lenin, un uomo
1109 Ben Pastor. La notte delle stelle cadenti
1110 Antonio Manzini. Fate il vostro gioco
1111 Andrea Camilleri. Gli arancini di Montalbano
1112 Francesco Recami. Il diario segreto del cuore
1113 Salvatore Silvano Nigro. La funesta docilità
1114 Dominique Manotti. Vite bruciate
1115 Anthony Trollope. Phineas Finn
1116 Martin Suter. Il talento del cuoco
1117 John Julius Norwich. Breve storia della Sicilia
1118 Gaetano Savatteri. Il delitto di Kolymbetra
1119 Roberto Alajmo. Repertorio dei pazzi della città di Palermo
1120 Andrea Camilleri, Gian Mauro Costa, Alicia Giménez-Bartlett, Marco Malvaldi, Dominique Manotti, Santo Piazzese, Francesco Recami, Gaetano Savatteri. Una giornata in giallo
1121 Giosuè Calaciura. Il tram di Natale
1122 Antonio Manzini. Rien ne va plus
1123 Uwe Timm. Un mondo migliore
1124 Franco Lorenzoni. I bambini ci guardano. Una esperienza educativa controvento
1125 Alicia Giménez-Bartlett. Exit
1126 Claudio Coletta. Prima della neve

1127 Alejo Carpentier. Guerra del tempo
1128 Lodovico Festa. La confusione morale
1129 Jenny Erpenbeck. Di passaggio
1130 Alessandro Robecchi. I tempi nuovi
1131 Jane Gardam. Figlio dell'Impero Britannico
1132 Andrea Molesini. Dove un'ombra sconsolata mi cerca
1133 Yokomizo Seishi. Il detective Kindaichi
1134 Ildegarda di Bingen. Cause e cure delle infermità
1135 Graham Greene. Il console onorario
1136 Marco Malvaldi, Glay Ghammouri. Vento in scatola
1137 Andrea Camilleri. Il cuoco dell'Alcyon
1138 Nicola Fantini, Laura Pariani. Arrivederci, signor Čajkovskij
1139 Francesco Recami. L'atroce delitto di via Lurcini. Commedia nera n. 3
1140 Gian Mauro Costa, Marco Malvaldi, Santo Piazzese, Francesco Recami, Alessandro Robecchi, Gaetano Savatteri, Giampaolo Simi, Fabio Stassi. Cinquanta in blu. Otto racconti gialli
1141 Colin Dexter. Il giorno del rimorso
1142 Maurizio de Giovanni. Dodici rose a Settembre
1143 Ben Pastor. La canzone del cavaliere
1144 Tom Stoppard. Rosencrantz e Guildenstern sono morti
1145 Franco Cardini. Lawrence d'Arabia. La vanità e la passione di un eroico perdente
1146 Giampaolo Simi. I giorni del giudizio
1147 Katharina Adler. Ida
1148 Francesco Recami. La verità su Amedeo Consonni
1149 Graham Greene. Il treno per Istanbul
1150 Roberto Alajmo, Maria Attanasio, Giosuè Calaciura, Davide Camarrone, Giorgio Fontana, Alicia Giménez-Bartlett, Antonio Manzini, Andrea Molesini, Uwe Timm. Cinquanta in blu. Storie
1151 Adriano Sofri. Il martire fascista. Una storia equivoca e terribile
1152 Alan Bradley. Il gatto striato miagola tre volte. Un romanzo di Flavia de Luce
1153 Anthony Trollope. Natale a Thompson Hall e altri racconti
1154 Furio Scarpelli. Amori nel fragore della metropoli
1155 Antonio Manzini. Ah l'amore l'amore
1156 Alejo Carpentier. L'arpa e l'ombra
1157 Katharine Burdekin. La notte della svastica
1158 Gian Mauro Costa. Mercato nero
1159 Maria Attanasio. Lo splendore del niente e altre storie
1160 Alessandro Robecchi. I cerchi nell'acqua
1161 Jenny Erpenbeck. Storia della bambina che volle fermare il tempo

1162 Pietro Leveratto. Il silenzio alla fine
1163 Yokomizo Seishi. La locanda del Gatto nero
1164 Gianni Di Gregorio. Lontano lontano
1165 Dominique Manotti. Il bicchiere della staffa
1166 Simona Tanzini. Conosci l'estate?
1167 Graham Greene. Il fattore umano
1168 Marco Malvaldi. Il borghese Pellegrino
1169 John Mortimer. Rumpole per la difesa
1170 Andrea Camilleri. Riccardino
1171 Anthony Trollope. I diamanti Eustace
1172 Fabio Stassi. Uccido chi voglio
1173 Stanisław Lem. L'Invincibile
1174 Francesco Recami. La cassa refrigerata. Commedia nera n. 4
1175 Uwe Timm. La scoperta della currywurst
1176 Szczepan Twardoch. Il re di Varsavia
1177 Antonio Manzini. Gli ultimi giorni di quiete
1178 Alan Bradley. Un posto intimo e bello
1179 Gaetano Savatteri. Il lusso della giovinezza
1180 Graham Greene. Una pistola in vendita
1181 John Julius Norwich. Il Mare di Mezzo. Una storia del Mediterraneo
1182 Simona Baldelli. Fiaba di Natale. Il sorprendente viaggio dell'Uomo dell'aria
1183 Alicia Giménez-Bartlett. Autobiografia di Petra Delicado
1184 George Orwell. Millenovecentottantaquattro
1185 Omer Meir Wellber. Storia vera e non vera di Chaim Birkner
1186 Yasmina Khadra. L'affronto
1187 Giampaolo Simi. Rosa elettrica
1188 Concetto Marchesi. Perché sono comunista
1189 Tom Stoppard. L'invenzione dell'amore
1190 Gaetano Savatteri. Quattro indagini a Màkari
1191 Alessandro Robecchi. Flora
1192 Andrea Albertini. Una famiglia straordinaria
1193 Jane Gardam. L'uomo col cappello di legno
1194 Eugenio Baroncelli. Libro di furti. 301 vite rubate alla mia
1195 Alessandro Barbero. Alabama
1196 Sergio Valzania. Napoleone
1197 Roberto Alajmo. Io non ci volevo venire
1198 Andrea Molesini. Il rogo della Repubblica
1199 Margaret Doody. Aristotele e la Montagna d'Oro
1200
1201 Andrea Camilleri. La Pensione Eva

1202 Antonio Manzini. Vecchie conoscenze
1203 Lu Xun. Grida
1204 William Lindsay Gresham. Nightmare Alley
1205 Colin Dexter. Il più grande mistero di Morse e altre storie
1206 Stanisław Lem. Ritorno dall'universo
1207 Marco Malvaldi. Bolle di sapone
1208 Andrej Longo. Solo la pioggia
1209 Andrej Longo. Chi ha ucciso Sarah?
1210 Yasmina Khadra. Le rondini di Kabul
1211 Ben Pastor. La Sinagoga degli zingari
1212 Andrea Camilleri. La prima indagine di Montalbano
1213 Davide Camarrone. Zen al quadrato
1214 Antonio Castronuovo. Dizionario del bibliomane
1215 Karel Čapek. L'anno del giardiniere
1216 Graham Greene. Il terzo uomo
1217 John Julius Norwich. I normanni nel Sud. 1016-1130
1218 Alicia Giménez-Bartlett, Andrej Longo, Marco Malvaldi, Antonio Manzini, Santo Piazzese, Francesco Recami, Alessandro Robecchi, Gaetano Savatteri, Giampaolo Simi, Fabio Stassi, Simona Tanzini. Una settimana in giallo
1219 Stephen Crane. Il segno rosso del coraggio
1220 Yokomizo Seishi. Fragranze di morte
1221 Antonio Manzini. Le ossa parlano
1222 Hans von Trotha. Le ultime ore di Ludwig Pollak
1223 Antonia Spaliviero. La compagna Natalia
1224 Gaetano Savatteri. I colpevoli sono matti. Quattro indagini a Màkari
1225 Lu Xun. Esitazione
1226 Marta Sanz. Piccole donne rosse
1227 Susan Glaspell. Una giuria di sole donne
1228 Alessandro Robecchi. Una piccola questione di cuore
1229 Marco Consentino, Domenico Dodaro. Madame Vitti
1230 Roberto Alajmo. La strategia dell'opossum
1231 Alessandro Barbero. Poeta al comando
1232 Giorgio Fontana. Il Mago di Riga
1233 Marzia Sabella. Lo sputo
1234 Giosuè Calaciura. Malacarne
1235 Giampaolo Simi. Senza dirci addio
1236 Graham Greene. In viaggio con la zia
1237 Daria Galateria. Il bestiario di Proust
1238 Francesco Recami. I killer non vanno in pensione